—原水文化—
您的健康，原水把關

—原水文化—

您的健康，原水把關

掙扎，不要太久

林峰丕／著　賀信恩／圖

目錄 Contents

【作者序】

掙扎，不要太久

很多人常覺得，自己的運氣總是比別人差，也比別人容易遇上倒楣的事。我是不清楚上帝手中是否真有一本命運簿來決定每個人的運氣，但當我看到即使是天王天后也會在舞台上摔個四腳朝天，我就確定其實大家都會遇到讓自己掙扎尷尬的時刻，沒有人有豁免權。

而且，生命中的掙扎時刻總是說來就來，不會有預告。

前幾天助理告訴我，她去買早餐時看到一位妙齡OL，才出了便利商店沒幾步路，就因踩到一坨狗屎而狠滑一跤。那位女子掙扎地站起身來，但鞋子、裙子甚至手上都沾到了穢物，簡直狼狽不堪，她應該是正要去上班的路上吧？這下子該怎麼辦？如果再回家去梳洗換衣，上班鐵定是要遲到了；直接去上班又一定遭人側目，請假又該用什麼理由？老闆能接受這種請假事由嗎？

她一定很恨肇事的元兇，但當下似乎沒時間讓她發怒，只能思考下一步要如何處理。助理說她真的很同情那個女生，滑倒已經夠糗了，還弄得奇慘無比，如果那天她正好有極重要的工作要進行，可能一切都毀了。

我想起自己在參加研究所口試的那天，起床後發現自己的皮夾竟不見了，以為遺落在醫院，匆忙趕到醫院找，也是沒找著。打電話回家一問，老爸說是家裡遭竊了，前一天他剛領出來的十萬塊現金也被偷走了。由於口試在即，我根本沒時間去想一堆證件及卡片要掛失補辦的事，但其實心裡是十五個水桶七上八下，所幸後來口試順利過關了，否則當天一定是我人生中最悲慘的災難日之一。

這些事情沒人能料得到，也不需要用「早知道你就……」來落井下石，人人都有機會遇上，只是早晚的問題。如果不想造成難以收拾的蝴蝶效應，當下做出個適切的選擇才是根本之道。

只是什麼才是「適切的」選擇？可就是考倒師傅的大智慧了。

在寫這篇序文的同時，我們家又發生了掙扎時刻的事件，熱心公益的老爸看到我們樓下（六樓）的外牆磁磚有剝落跡象，立刻自告奮勇要去幫忙重貼新磁磚，結果在處理舊磁磚時一個不小心，有幾個小碎塊掉落，造成停在一樓轎車的擋風玻璃有了小刮痕。

車主氣得直跳腳，在樓下朝我爸扯著嗓門開罵，我聽到大呼小叫的聲音嚇得衝下樓去了解狀況，趕緊跟對方賠不是，並允諾一定賠償修繕費用，那位車主的態度才軟化下來，並把車子移位到對側去。他說他正要趕去參加喪禮，要我留下電話號碼，等他修理好再來跟我請款，然後便坐上他友人的摩托車離開。

隔沒十分鐘，外面的工程車開始用大聲公廣播，說本條巷子要進行道路施工，請大家把汽機車全部移開以利作業。我想到剛剛那位車主並沒有留聯絡電話在擋風玻璃下，施工單位鐵定是聯絡不上他，於是發了個善心打電話通知他回來移車，他連聲道謝，語氣跟之前的暴怒是天壤之別。

我當然也可以不管他，等著看好戲讓工程單位把他的車吊走，然後背地裡罵聲活該，但這樣我就真的開心了嗎？好像也沒有。我通知他，只不過是舉手之勞，他或許心懷感激，或許並不領情，但我自覺種了善因，雖然不能因此期待什麼，但總是覺得事情不會變得更糟。

年近半百了，我學習以柔焦來看待生命中的這些掙扎時光，就算不一定都能完美閃身，也盡量不要讓自己留傷見疤。掙扎，不要太久，久了必然會受傷，不管是身體的還是心靈的，也一定不會愉快。

這本書是我的自我學習心得，到了一定的年齡，真的能體會到老都有事情可學習，學習就在日常中。

然後，得以成長。

守著自己的小小城池

記得我曾服務的一家診所，如果診間都沒病人時，老闆就會焦慮地走來走去，口中喃喃念著：「怎麼都沒人？真是最高品質靜悄悄……」

他開始碎念這段台詞時，我跟助理們總是面面相覷，尷尬不已。因為不知他這段話含意為何？是要說給誰聽？好像暗示沒有病人都是我們不夠努力，是我們的錯。只是，我們也不知道要如何努力，難不成要大家站在門口吆喝拉客人嗎？

開業醫師有開業醫師的壓力，他們有一大堆的人要養，這點我在自己開業之前就很清楚了。但是，來客的狀況不是我們能預期的，不會天天過年，不會永遠高朋滿座，有時忙有時閒，有時熱鬧有時冷清，這本來就是常態，不能改變就順其自然，何必自尋焦慮又給別人壓力？

我一直都是這種心態，即使自己開業了也一樣。

醫生雖是懸壺濟世的行業，但說白了也是靠本事來賺錢的人，哪個開業醫師不想賺錢？只是每個人的心都不一般大，有的人想不斷擴張版圖，有的人只想安安穩穩守著自己的小診所，這沒什麼對與錯，只是選擇的不同罷了。

所以我有一些同業朋友把診所開在昂貴的黃金地段，因為篤信賺錢的守則是：地點、地點、地點。投資大把鈔票來裝潢，把診所變成五星級沙龍，所有的醫療設備全是最頂級，打造奢華風

的新時代牙醫診所；因為花費不貲，目標當然要鎖定金字塔頂端的客群。

靠著高素質病人的口耳相傳，他們建立起好口碑，打著高品質、高消費的模式，也創造出一片藍海。因為目標明確，他們無需去搶食健保大餅，當然也省去很多跟健保署周旋的麻煩，只是要經營這樣的診所成本頗高，若沒有一點底的醫師恐怕下不了手。

下不了手，那就只好轉向平價模式。地點當然還是很重要，只是要向傳統市場或學校靠近，利用人流來創造營收。但因來客三教九流皆有，素質自然參差不齊，所以要應付的難題也相對較多。

這種類型的診所或許沒有華麗的裝飾，但收費相對也較為親民，目的當然是希望能多吸引一些患者。我相信這也是為數最多的一種診所模式，不過病人太多有時也是困擾，醫師常要超時工作，生活品質大大降低。

剩下一小部分的大概就像我這一型，想要多留一點時間給自己跟家人，所以不想把診次排得那麼滿。因為不是太在意病人的數量，所以也沒有很刻意去挑選診所的地點，反正相信自己品質的病人自然會留下來成為熟客，如果不能接受這樣看診方式的就表示無緣。

所以診所必定不可能金碧輝煌，因為絕不可能回本，說好聽一點是走簡約風，講得直白些就是簡單樸素啦。如果拿理容院來比擬，那我們大概就是「家庭理髮」那一等級的，雖然不起眼，卻是好鄰居。

每一種診所都有它的優缺點，自有一套生存法則，也有其死忠追隨者。或許收入高低各有不同，但只要滿足了需求，真的沒有誰優過了誰。

名作家簡媜女士曾在幫我撰寫的一篇序裡這樣描述：「林醫師守著自己的一間診所，像個小國的國王……」言簡意賅地勾勒出我的工作環境與心態，很傳神，也是我很喜歡的說法。在可見的未來，我還是會持續守著這座小小城池，當個容易滿足的國王。

極快版現世報

今天要說的這個故事，應該是近期以來我遇過最好笑的一個了。

一個約診來看牙的大嬸，坐定之後突然看著我說：「林醫師，我覺得你變老了耶，臉有點腫，皺紋也多了，沒以前那麼handsome了。」

「應該是吧，我都快五十了啊。」我以自嘲掩飾對她直言的不悅。

「可以去進廠維修一下啊，現在很方便嘛。」

「不用啦，自然就好……」我不想繼續這個話題。

「你不會生氣吧？等會兒不會故意對我下重手吧？」

「當然不會，我不會在乎這個。」其實心裡有把火在燒。

說實在的，我雖不是那種聽到別人喊我帥哥就心花怒放的自我感覺良好者，但面對這樣當著我的面說我變老變醜（她或許沒用這個字，但聽來意思是一樣的）的無禮者，還真是很難置若罔聞。

我心想，妳這個沒禮貌的大媽，沒人教妳說話該婉轉些嗎？就算妳說的是實話，也不該這樣大刺刺的直衝我而來吧？真該有人好好修理妳。我幫她洗完牙，不等她起身就轉身去看另一個病人，算是一種小小的、微弱的，抗議。

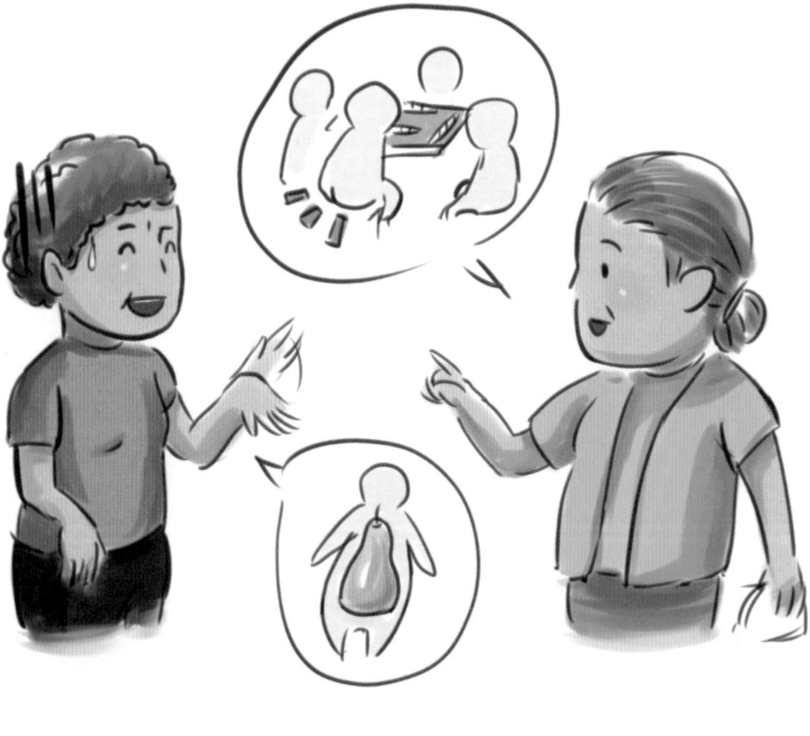

就在我看診的同時，另一位大嬸病患也走了進來，於是兩位不相識的大嬸在櫃檯有了第一類接觸。

「妳有在打麻將嗎？」後來的大嬸問先到的大嬸。

「什麼？沒有啊，為什麼這樣問？」其實我跟她一樣疑惑，難不成她把她當成曾經見過的牌搭子了？

「因為妳的屁股好大，我很多朋友都因為長時間打牌而變成這樣的屁股……」

我跟助理都好傻眼，怎麼有人這麼直白啊？等一下該不會有火爆場面吧？

「沒那回事，」先到的大嬸急著搶回發言權：「我是天生西洋梨型身材，到英國去旅行時人家還說我苗條咧。」

「喔，那妳在那邊應該比較容易買到衣服吧？在台灣要找妳的 size 應該不容易喲。」

不等後來的大嬸說完，先來的大嬸已經鐵青一張臉走了出去，她八成在嘟囔：「妳是哪兒冒出來三八婆？竟敢說老娘的屁股大，也不去照照鏡子，自己又瘦到哪裡去？」

（這段話純屬我個人的臆測，因為後到的大嬸其實也有點份量。）

這段對話全聽在我耳裡，怎麼回事？老天爺聽到我的呼喚了嗎？不然怎麼會有這麼快的現世報？快到我這個受害者直接獲得心靈療癒的快感。我在心裡大聲叫好，一口怨氣盡數吐散，這種歡暢竟比中了千元獎金還棒得多。

原來，惡人還須惡人治。

或許說她們是「惡人」有些言過其實，除了這點之外她們其實也還算良善，但把話說得這麼直白即使無心也一樣傷人，如果沒有自己被傷一次，她們永遠不會知道滋味如何。雖然，她們可能依舊故我、死性難改。

既然實話常傷人，我們又何必堅持一定實說？何不實話虛說或實話拐個彎說？我相信上面那兩個狀況絕對有更好的說法：

「林醫師，歲月也在你臉上留下痕跡囉，要不要趕個流行讓自己再年輕一次？」

或是：

「坐久了臀部容易走樣喔，多快走可以維持身形，也比較健康。」

雖然意思一樣，聽起來至少多了緩衝，也不那麼刺耳。

不過最讓我舒坦的是，有人替我完成報復行動，太爽了！

疲勞轟炸的家長

不肯合作的小病人我寫過很多回了，雖然無法完成治療令人略感沮喪，但其實最影響我情緒的還是家長當下的反應，特別是當場就教訓起小孩子的父母。

害怕必有因，絕不是在診間歇斯底里大聲叫罵之後，孩子就會突然勇氣百倍，乖乖就範，有時反而適得其反。而就算因一時屈服被迫坐上治療椅，也不代表他就真的心甘情願或永不再犯，可能下次來還是雞飛狗跳、一片狼藉。

今天在診間又上演這幕鬧劇，媽媽三催四請，孩子就是不肯上座，媽媽嗓門就開始大起來了：「你還不趕快坐上來，看完我還要去接妹妹耶，沒有時間在這裡跟你耗！」

孩子無動於衷，媽媽當然火氣就上來了，不但罵，還開始動手，就是硬要把他拉上「刑場」。

「你在家裡自己答應我的喔，為什麼到這裡又這樣？要是不看的話，我們今天來幹嘛？」

孩子同樣很固執，一點也沒有妥協的意思，別看他個子小小，媽媽卻是對他無可奈何。

「你再這樣，我要去叫你爸爸進來喔，他可沒我這麼好講話，你要我去叫他是不是？」

孩子猛搖頭，看得出他應該挺怕爸爸

的。媽媽見機不可失，加足火力催促他：「好，不叫爸爸來，那你趕快乖乖坐上去，我等會兒跟爸爸說你很勇敢。」我們也趕快敲邊鼓，希望儘快結束這冗長又重複的對話。

結果真的有效，小朋友終於在半推半就下坐上診療椅，雖然還是很掙扎，但我們以最快的速度處理掉兩顆蛀牙，等他爸爸走進診間時，他的治療已經告一段落，準備起身領取我們的小禮物。

本以為一切應該有個完美的句點，沒想到這個媽媽竟開始跟爸爸抱怨剛剛孩子不肯配合的行徑，說著說著又開始數落起孩子來。說他不該明明答應要好好配合看牙，到了卻又反悔，還勞師動眾，浪費大家時間……。雖然她是在候診區說話，但音量大到診間聽得一清二楚，連她先生已經低聲制止她說：「好了，回家再講。」她卻依然故我，滔滔不絕。

「我現在是在糾正他的態度，回到家他就忘光了，不趁現在好好教他，他下一次還是會這副德性，永遠都不會改進。還有，我告訴你喔，從現在開始我只負責看你功課有沒有寫完，至於對錯那就交給你們老師去糾正，我沒那個美國時間每一題幫你檢查……」

她完全無視於診所裡還有其他病患，逕自在那裡暢所欲言，搞得其他人面面相覷，聽也不是，阻止也不是。她先生越聽越火大，終於忍不住出聲：「妳是夠了沒？跟你說回家再講妳聽不懂是不是？丟人現眼！」說完拉著兒子就往外走，她只好不甘不願地拎起東西尾隨而出，嘴裡還是繼續碎碎唸。

當他們一家人離開，整個診所忽然變得好安靜，安靜到連病人翻雜誌的聲音都清清楚楚，我頓時鬆了一口氣，我想所有的人都鬆了一口氣。

說真的，比起小朋友我有時更怕他們的家長，特別是砲聲隆隆的家長，一個病人看下來，簡直歷經一場大戰，讓人身心俱疲。

此時突然覺得少子化似乎也有其優點了。

衣著的尷尬時刻

來看牙的病人都得躺上我們的診療椅，所以衣著都攤在我們的眼前，如果有個什麼差池，很難逃過我或助理們的「法眼」。

其實最常出現的錯誤是病人的衣服穿反了，通常是T恤或套頭衫。這個錯誤說來無傷大雅，只要病人自己不覺得彆扭就好，我倒不會特意去說破，除非跟他們很熟可以拿這個來開個小玩笑，例如：

「咦？剛才在做什麼壞事這麼匆忙，衣服套反了都不知道。」

或是：

「你是衣服髒了沒得換，所以乾脆反穿嗎？」

病人通常也是哈哈一笑，聊以自嘲。

再來這就有點尷尬了，多半都是男生發生的，那就是「石門水庫」沒關好。其實這種經驗每個人多少都曾有過，若沒人發現也就算了，偏偏患者躺在我們眼前，要不注意到都很難，有時助理比我還早發現，還會在我耳邊打 pass，要我提醒病人一下。

我當然也只能小聲在病人耳邊告知，畢竟不是什麼太光彩的事，患者在聽到我的提醒後總是心一驚，趕快伸手去關水庫，然後臉紅地對我說謝謝。人家都尷尬得半死了，我當然不好再火上加油地自以為幽默來消遣他：「有沒有覺得下面涼颼颼？」或是

「不錯唷，透透氣比較健康。」否則肯定會換來一頓衛生眼。

時下很多年輕男孩喜歡穿鬆垮垮的褲子，然後露出一截內褲頭，可能是我老了，真的看不出這樣穿的美感何在？其實這麼鬆的褲子穿起來是有風險性的，很容易輕輕一扯就整件掉下來了，而我就親眼看過一個年輕男孩子在下診療椅時發生這樣的糗事。

因為診療椅有把手，剛好鉤住了這個男生的口袋，當他轉身要下診療椅時，一起身，居然整件外褲被硬生生拉了下來，一件帶著小草莓碎花圖案的內褲直接展示在我們面前，只見這男生趕緊屈身下去把褲子拉起來，但精采的一幕已在我跟助理眼中定格。一時間大家都故作鎮定，繼續忙著自己的事，假裝什麼都沒發生，等病人離開診所，我們才忍俊不住，放聲狂笑。

我想他一定很後悔穿了這麼可愛的小內褲吧。

女性病患也會有令人尷尬的時候，但這時提醒的責任就會由助理出面。有一次，一位年輕女患者看完診，站起身時淺色的裙子後方透出一片暗色汙漬，助理一看立刻將病人拉至一旁說悄悄話，病人才驚覺不妙，趕忙進化妝室整理一番。事後還特別跟助理道謝，不然走在路上一定引來異樣眼光。

有的資深大嬸或阿嬤，在家可能不怎麼注意穿著，夏天穿著一件無袖衫就來看牙，裡面又不穿內衣，一旦汗濕衣襟，不雅的影像就會隱隱浮現。她們自己可能一點也不在意，但我們這些旁觀者卻是提心吊膽，視線不知該往哪裡擺。

相對於這些無心的尷尬狀況，有的女病人則是緊張過度，好像醫生都是虎視眈眈的色狼。明明我們都會幫病患圍上紙圍巾或治療巾，她卻死按住自己領口不放，彷彿我有透視眼可以看穿一般，如果她這麼擔憂，又何必穿得那麼低胸來看牙？這種被當成色鬼的感覺實在令人不舒服。

關於穿著的尷尬時刻，是否也曾發生在你身上呢？下次出門前，不妨多看兩眼、仔細檢查一下。

怎麼叫？有關係！

之前有一則新聞，一名保全員為了要告知該大樓一名住戶有郵件要領取，於是喊了對方全名，想不到這個住戶因此大動肝火，批評保全沒有禮貌，認為只有自己爸爸才能這樣直呼全名，其他人都應該在他的名字之後加上「先生」二字才對。

後來他還把雙方爭執的影片PO上網，要網友幫忙評理。沒想到網友幾乎一面倒地支持那位保全，這個住戶的臉書還被網友灌爆，就連他工作的地方也遭池魚之殃。他不但不覺得自己有錯，還反嗆網友已經涉及公然侮辱，將網友留言截圖準備提告。

其實禮貌上我也覺得稱呼別人某某先生（或小姐、女士）是比較合宜的，但有時候你若不知這個人的真實性別時，貿然地冠上先生或小姐的稱謂，反而可能會造成彼此的尷尬。

這種事偶爾會發生在我們診間。

我們很容易憑名字去判斷這個人應該是男生或女生，所以在叫號時，如果這個病人是個生面孔，助理常會以直覺稱呼×××先生／小姐。例如：

「○秋雄先生……」

「○貞佩小姐……」

「○書賢先生……」

「○錫珍小姐……」

這樣的稱謂乍聽之下沒什麼問題對吧？我想要是換做你，只看名字的情況下應該也是這

樣唱名，但我必須告訴你，以上全錯！

他們都是我的病人，第一次來時全都被叫錯了，當下還真是尷尬。你能想像男生的名字叫貞佩，而女士的名字叫秋雄嗎？我想任誰都會誤叫。助理當然是連忙道歉，他們也都一笑置之，反應幾乎都是：「沒關係，很多人第一次都叫錯，我早就習慣了……」

後來為了避免誤會，我請助理一定要先確認病歷上的性別欄再叫號，就不會產生困窘。畢竟我們不能像佛教醫院那樣稱呼每位來客某某「大德」，病人聽起來應該會覺得更怪吧？同樣地，「來賓×××」或「病患〇〇〇」也是不適合的叫法。

新時代的來臨，很多人的名字越來越趨向中性，甚或完全顛覆傳統中對名字與性別的刻板連結，所以我逐漸認為其實單呼姓名也可以是一種選項。尤其是現在的年輕人都習慣直來直往，有時候叫他們先生或小姐可能還讓他們感覺彆扭，不如就直接一些比較自在。

不過我也確實發現，有些老先生真的不喜歡人家直呼他名諱。我們也遇過年逾九旬的老太爺，老歸老，脾氣可不小，一聽到助理連名帶姓喚他（其實是有加「先生」），居然開始訓斥助理，說她不懂禮貌。還洋洋灑灑交代他的顯赫家世，說他可是清朝正紅旗的後裔，意即他是出身貴族，名字怎可讓人隨意亂叫？

說實在的，要不是看在他年事已高，不想落人「不尊重長者」之口實，我真的會跟他大吵一架然後轟他出去，他以為現在還是清朝嗎？來我們的診所擺什麼官架子？難不成要把助理送往「衙門」治罪？

後來他還是看完診滿臉不悅的離開，也沒有再來過，我想他應該是不想再來受氣了，也不知道他後來去了哪一家診所，總之我很慶幸他放過了我們，饒了我們的小命。

所以，要怎麼稱呼一個人才得體？還真是得見招拆招才行啊。

不及格的公民教育

我家的車庫門口，常被來路不明的車子給堵住。

如果車主有點良知，願意在擋風玻璃內留下聯絡電話，就算耽擱個幾分鐘，我都還可以悅色以對。問題是很多人在圖一時方便的同時，故意忽視造成別人不便的可能，這就成了讓人火冒三丈的過失。

忙了一天回到家，車庫卻被擋住進不去，湊近一看又沒留電話，這時你會怎麼做？

不瞞各位，在年紀很輕的年代（約莫二十幾年前吧），我曾狠狠地在某不識相的車門上用鑰匙猛劃了好幾道。這當然是不可取的行為，尤其現在大街小巷處處皆有監視器，

如果一時沉不住氣，可能就會變成新聞裡的主角，到時非但未能一解心中怨氣，還得揹上毀損罪名，怎是一個慘字了得？

現在的我當然不會這麼衝動不理智了，但問題總得解決。我查了附近派出所的電話，立刻打了過去，員警很客氣地問我發生什麼事，也允諾會儘快派員來處理，只是這個「儘快」常常也需要等個十分鐘。警察來了之後就會有一套標準作業流程，用他的無線對講機向所裡同仁回報車號來查車主資料，然後再跟我說他們會幫忙聯絡車主來移車。

「就這樣？都不用開罰單嗎？那要是聯絡不到怎麼辦？」

「原則上我們都是勸導啦，如果聯絡不到，那就要請拖吊隊出車來拖了，但可能沒這麼快喔……」

也就是說，還得看運氣決定我要這樣耗多久，而車主也未必得到任何教訓，他下次還是可以好整以暇地便宜行事，等警察通知他再來移車就好。這是什麼處理方式？一點都沒有伸張正義的感覺。

有一次一個車主接到電話姍姍來遲，我滿肚子火正無處發洩，直接對他一輪猛轟，那車主沒一句道歉還一副老大不爽的模樣嘟噥著。這次連員警都看不下去，不但訓斥他不留電話還動作緩慢，更直接送他一張紅單，這才讓我平復一些。

還有一次真的完全聯絡不上車主，警察大哥說：「沒辦法了，叫拖吊大隊來拖吧！」我說：「那我要在這裡一直站到拖吊車來喔？」這位大哥人還不錯，答應幫我等，等到拖吊車到再通知我。老實說，遇上如此為民服務的員警還真是出乎我意外，本來的怒氣也因此消失大半。後來他真的一直待到拖吊車把車子拖走才離開，我反而覺得不好意思。

在車位難尋的現在，我當然可以體諒車主因為遍尋不到停車位而暫停別人車庫前的不得已與無奈，但在暫停的當下，絕不能忽略對車庫主人帶來的不便，所以起碼的禮貌就是留下聯絡電話。在手機如此普及的時代，這絕對是必須遵守的公約數，可是偏偏有人連這最基本的遊戲規則都不願配合，這樣怎麼期待別人給你方便？

信不信，這樣的人還真是為數不少。

所以我們總能遇到有人遛狗時放任愛狗隨地大小便卻不清理，遇到有人以鄰為壑、亂倒垃圾在別人的花盆或摩托車的置物籃，又或者遇到有人亂拿別人家信箱裡的報紙或牛奶。當我們嘲笑對岸旅客在公共場域隨地便溺的同時，其實很多人的公民教育一樣不及格。

看來，我們離一流國家還有不短的距離。

脫離現實的演講哥

「醫生啊，你是不是跟人家有什麼醫療糾紛？」病人冷不防地問了這一句。

「沒有呀，」我還挺認真地思索了幾秒鐘：「為什麼您這麼問？」

「喔，就我常常晚上從你們門前經過時，會看到一個男的對著你們的鐵門嘰哩咕嚕不知在說些什麼，一站就是好久，有時激動起來還會咆哮幾句，我以為是你們發生什麼醫療糾紛哩。」

她這麼一說我就完全明白了，這位就是被我們戲稱為「演講哥」的男人。

他並不是我們的病人，跟我們也沒有糾紛，只是每到夜晚時分，總會拎著一瓶酒在診所附近出沒，專挑已經打烊的店家，就坐在人家門口開喝起來。帶著幾分酒意的他也就借酒壯膽，開始他的「專題演講」，不明就裡的人看到了，很容易誤以為他是在對店家咒罵訐譙。

我剛開始也被這號人物嚇了一跳，想說是哪位仁兄怎麼在我們鐵門外不斷大聲說話？正當我納悶地升起鐵捲門，他就立馬起身轉移陣地，改到隔壁的幼兒園前坐下。我想他應該不是針對我，也就不再理他，日子一久，我跟助理就乾脆封他為「演講哥」了。

有幾次實在忍不住想聽聽看他到底在發表什麼高論，但說實在的，因為隔著鐵捲門，而他又口齒不清，真的很難聽懂。不過隱約聽見一些政治人物的名字，想來應該是不滿時局的政治狂熱者，靠微醺來發洩心中的諸多不滿吧？只是我們的鐵捲門

成了他唯一忠實的聽眾，其他的人往往只會繞道走避。

後來有段時間他突然不再出現，我們還在猜測他該不會是生病了吧？大樓管理員來跟我們說因為有住戶反應他實在太吵了，於是報請員警來加以驅趕，不過因為他並沒有傷害別人的違法情事，所以也只能告誡要他降低音量。可能因為這樣所以他暫時停了一段時間的演講行程。

不過他沒有安分太久，最近他又悄悄地「復出」了。

據助理下班後偷偷從旁觀察，他看起來像是名油漆工，因為他的衣褲上都沾有斑斑漆痕，所以應該不是無業遊民。他也不具攻擊性，因為他只沉浸在自己的世界裡，不怎麼搭理往來的過客。他還算節制，只帶一瓶酒，喝完宣洩完就走，連空酒瓶也一併帶走，不會製造髒亂。

而且，復出之後的他音量比起以前明顯小了些，大概是怕又被報警吧？雖然講到興頭處還是會有兩三句突然失控，但不像之前那般駭人。我跟助理說：「就隨他去吧，既然他無意傷害別人，讓他發洩一下也算是好事。如果一味只想逼走他，搞不好更加激化他的反社會人格，或許反而釀出大禍。」

現在有精神方面疾病的人實在太多了，我們每天從新聞裡看到的不過是青山裡的幾棵樹，實在防不勝防。如果強迫他們就醫是件不可能的任務，那就只能找出一個與他們和平共存的安全模式，我想趕盡殺絕或逼入死角必定不是上策，或許永遠沒有最完美的解決方法，但起碼不要是兩敗俱傷。

我們的演講哥只是這社會裡的一個小小問題，他至少不是拿著菜刀亂揮或四處潑灑酸液，但誰也不能保證他將來會不會。所以就讓他繼續演講吧，讓他留在一個相對穩定的狀態久一點，別逼他跳牆。

畢竟在他視外界如無物的片刻，或許也是脫離現實的小小幸福。

人生的莫非定律

相信很多人都聽過「莫非定律」，它最早出現在一九四九年，當時只有簡單的一句話"Anything that can go wrong will go wrong."簡單的翻譯就是：任何你覺得可能出錯的事，它就真的會出錯。但後來一直不斷被引申，創造出無數的徒子徒孫。

其實如果仔細看起來，莫非定律就是在歸納生活中經常遇到令你我啼笑皆非的經驗，這些經驗幾乎人人都有，卻又有著無法解釋的無能為力。我隨便摘出其中幾個例子，相信你也會會心一笑。

「你不想見到某人，跟此人相遇的機會就增加。」

「青春痘在約會的前一天竟然冒出來。」

「不帶傘時，偏偏下雨；帶傘出門，它就不下了。」

「在門外時，電話猛響；等一進門，它就停了。」

「喜歡的東西偏沒有你要的尺寸，喜歡也有尺寸的卻是件瑕疵品。」

「寫報告時最需要的那本書，圖書館裡就是找不到；就算找到了，最重要的那一頁卻被撕走了。」

「要修理的物品竟找不到保證書，找得到的卻發現已經過期。」

「參與公司會議，早到就會取消，準時就

得等，遲到就是遲了。」

「撥錯電話號碼時，對方一定不在通話中。」

……

是不是你也經驗過？我猜你應該已經點頭如搗蒜。

其實我看到這些例子時也是驚呼連連，因為我一直以為這些事只有我才會發生。像當我走在窄巷，如果迎面過來一個人，常會出現我閃左他也閃左、我偏右他就偏右的窘況。排隊等待通關時，當我選了一行人最少的來排時，這行通常就緩慢下來，若我因此轉到另外一排，那原來這排就又開始快速前進了。

有時候急著找一樣東西，偏偏就是找不到，事後才發現它明明就在放眼所及的地方，甚至根本就在我的手上。才下定決心買了一檔股票，它的價錢就開始下滑，當我終於忍不住停損賣掉，它卻又開始上揚。

急著等公車，公車卻偏偏不來，或者來的都不是我要坐的車，要不就是它竟過站不停。內急匆匆進入公廁，卻發現每一間都有人，如果剛好有一間是空的，那它不是壞了就是髒得讓人不敢上。

當我因停電而必須爬上七樓回家，一進家門卻發現電已經來了。才買的一款3C產品，過沒兩天就發現價格又降低了，要不就是多了贈品。進麵包店想買一種平時最愛吃的麵包，最後一個剛好被挑走。

我愛的人不愛我，愛我的人我不愛。最愛找麻煩的病人總是挑我最忙的那天來報到。總在急著趕路的時候，偏偏遇上一路的紅燈。發票好不容易中了一千元，獎金卻馬上就繳費用掉……

別懷疑，以上都是我個人的親身經驗，絕無抄襲之嫌，我也是很久之後才知道，原來這些都算是莫非定律。類似的無奈經驗幾乎天天都在上演，逃不開、躲不掉，卻也無計可施。

如果你也跟我相同，那只能說這個定律威力太宏大，人人都有感。不必太生氣，不妨樂觀地笑一笑，學學法國人說聲：「C'est la vie！」

是啊，這就是人生！

高學歷難民

當牙醫師這麼久了，我好像從來沒有思考過，自己究竟適不適合做這個行業？反正一路就這樣走下來了，想後悔也沒有可轉進的路，這對我已是一條只能進無法退的蜿蜒小徑。

有時候覺得這樣其實也算幸運，不像很多人常常要為職業的選擇傷透腦筋，我看過很多人掙扎地站在就業的多岔路口，不是為難自己，就是為難荷包。到後來做的常非所學，談不上快樂或痛苦，只為了那份「吃不飽，餓不死」的薪水，生活卻味如嚼蠟。

有一次父親的朋友來家裡做客，聊著聊著聊到他那退伍多時的孩子，他不禁面露愁容。他說兒子念到大學畢業，還拿了碩士學位，卻一直找不到符合理想的工作，結果現在在做倉管人員。孩子很沮喪，他看到當年高中同學去考警校，現在一個月的薪水還比他多兩萬塊。

他真不知自己幹嘛那麼辛苦多讀兩年書？

我不知該如何給他建議，因為我從沒有過這樣的困擾。但這樣的例子身邊還真不少，空有高學歷，工作待遇卻完全不成正比。

他們的文憑為何不能成為工作上

的助力？細究其因可能是所學科系太冷門，可能是相關科系的畢業人數已經太多，可能是沒有專業證照的加持以至於少了獨占性的光環，也可能是學校排名不夠顯赫，讓主管們在一開始就把他們屏除在外……

有很多的可能，但重點在有沒有辦法改變現狀、扭轉乾坤？

木已成舟，這時已無法再回頭去重念一個「比較有錢途」的學位了，只好想想如何與現實折衝。是要堅持自己的姿態寧缺勿濫，還是要先妥協騎驢找馬？寧缺勿濫，你能撐多久？如果撐不下去了，是不是也只好遷就一個低薪工作，然後安慰自己這是騎驢找馬？

而騎驢找馬又要尋覓多久？如果一直都找不到那匹馬呢？是不是就這樣騎驢過下去？有的人剛開始還滿懷鬥志，覺得一定有個更好的位置在等待自己這塊璞玉發光發熱，但日子一久，鬥志也漸漸消融，不得不逼著自己指驢為馬。有的人騎上了驢才發現，原來要把驢騎好也沒想像中的容易，一不小心被甩了下來，要再找另一頭驢竟是難上加難。

也有人唸到了碩士、博士，卻完全無法幫自己加分，不但找不著像樣的馬，連驢都不太願意搭理他。為什麼？大部分的雇主可能會認為，我提供的工作不需要請一個博士來做，而且博士希望的薪水太高，又不比一個大專生好用，可能還會擺架子。如果做不了多久就跑了，又要開始找人的噩夢，實在太累了，還是用一般學歷的就好。

如果說唸書是一項對自己的投資，那無疑地很多人的投資報酬率顯然偏低，而且還是投資愈多，回收愈難。

當然唸書的目的絕不全然是賺錢，也包含了自我充實及自我完成的精神層面，不過這些形而上的「寶藏」，在餓肚子時並不會轉變成蛋白質。我們總不能一直安慰這些高學歷卻找不到工作的年輕人說：「沒關係，至少你的腦袋比別人強，心靈比別人富足。」

這樣的狀況掙扎久了，我怕很多人會開始出現反社會人格而變得憤世嫉俗，因為自己的努力無法被肯定，也沒有同等回報。

看到這些例子，我暗自慶幸：自己不曾為謀職而恐慌過。就算人生有機會再重來，我也沒把握過得比現在好，除了感恩，還能說什麼呢？

大大之急

人吃五穀雜糧，哪有不曾吃壞肚子的？曾經經歷腹疼如絞，腸裡猶如千軍萬馬要衝闖而出的人，鐵定能體會此急絕對可以名列三急之首，只恨沒有多啦Ａ夢的任意門，可以一打開就直接遇見馬桶。

醫生也是人，當然也會有這樣的尷尬時刻，尤其本人腸胃一向敏感，只要吃到稍有不潔，或是過度辛辣的食物，不消一個小時，肚子就開始發出訊息。從隱隱如針錐到貌似有人在腸裡練拳擊，再到宛若整條大腸被像擰被單似地掄絞，這過程可能不會超過五分鐘，然後就準備像滾滾岩漿要猛猛噴發了……。

如果人在家中坐，這還不是什麼大問題，反正就是進廁所來個大解放，一次不夠就再續攤，三回五回也總會消停下來。但若偏偏我正在工作中，場面就會令人哭笑不得。

我有沒有在看診過程中遇上這大大之急？當然有。某次我不過是吃了某知名速食店的辣味炸雞塊當午餐（據助理表示，那種辣度對她而言根本是無辣），我吃的時候並無特別辣口的感覺，怎知甫經消化，離開十二指腸後就產生巨大變化。腸壁不斷遭受起起落落的鑿擊，時大時小、忽隱忽現，令人坐立難安。

當時正在看下午診，病人需要較長時間診治，如坐針氈的我本想自己應該

可以忍到結束治療之後再衝去洗手間，但這股奔流的狂潮顯然不是我的忍功足以抵抗的。漸漸地，我的額頭開始冒出明顯汗珠，若不是口罩頭燈等裝備遮住自己的大半張臉，病人應該會看到我扭曲猙獰而無助的表情。

「林醫師，冷氣不夠冷嗎？怎麼流汗了？」助理好心問。

我搖搖頭，因為快連說自己肚子痛的微弱力量都可能會引發難以收拾的災難，在按下讓病人坐起來的按鈕後，我只丟下一句：「等我一下！」就以跑百米的速度直奔廁所。

對比「歸心似箭」，我當時應該以「似電」來形容。

更可怕的是，廁所離診間並不遠，廁所裡的動靜聲響其實外面還是約略可聞。我進去後只顧著解帶寬褲坐上馬桶，沒暇去想應該把水龍頭給扳開，讓嘩嘩水聲當個襯底的背景樂音。結果以洪荒之力沆漭宣洩的聲響，可比軍樂隊演奏至高潮時的重鼓連連、鏗鏘激昂，轟隆之聲讓我自己都驚呆三秒。

「完了……外面一定都聽見了。」這時候再想去開水龍頭反而是欲蓋彌彰，擺明了告訴人家我就是要遮羞，索性按兵不動。但眼下要擔心的是，瀉則瀉矣，腹痛其實尚未完全緩解，要是這麼出去了等一會兒又要衝進來，那該如何是好？

可是就這麼一直枯坐也不是辦法，於是帶著殘痛及赧色（幸好口罩頭燈都還戴著）

回到診間，若無其事的繼續方才的程序，還好還能撐到治療結束才再進廁所續奏第二樂章。此事後來也成為我與助理閒磕牙時的笑談，要不是跟助理已經熟到像家人一般，這臉還真是丟大了。

有了這種慘痛經歷，我都常會想，要是那種需長時間固定在位置上工作，且不方便臨時停下來上廁所的人（如公車、火車司機，正在手術室裡上刀的醫師，執行勤務中的衛哨兵，報新聞中的主播……）如果突然腹中翻絞，他們會怎麼做？

曾聽過一則不知是真或假的軼事，有位外國知名政治人物在一次重要演講中突然肚子劇痛，他無法中斷演講跑廁所，而且應該是連跑到廁所也一定來不及的狀況，他急中生智，乾脆腿一軟偽裝昏倒，然後就盡情狂瀉。與會來賓見狀只以為他必然生了嚴重疾病，連大便都失禁了，沒人認為他是出了大糗。

這招或許高明，但可能不適用於每個人，要一個醫師或公車司機偽裝昏倒，恐怕會引發更大悲劇吧？

凡事取其中庸之道，腸道的蠕動必然亦如是，過度的躁動固然可怖，但若以為文風不動就是好事，恐怕也解讀錯誤。不過那就又是另一個故事了。

拾金不昧的掙扎

一件震驚社會的跨國隔空盜領案，扯出一樁原本看似「拾金不昧」的義舉，後來卻演變為「侵占贓款」的罪嫌。

姑且不論是否有動機，我問了身邊幾位親友，當路上撿到錢時會如何處理，答案真的大異其趣。有的說當然占為己有囉，是老天垂憐，不可辜負；有的說先看看周圍有無監視器，如果沒有再撿；有的說看金額大小，如果破萬再送警局，以下的送進自己荷包；有的打死不撿，怕是來討冥婚對象的；有的道德感極強，堅持不義之財必招禍，無論如何，交出為上。

路上撿到錢的事我也遇過，我必須坦白，因為金額真的很小，我並沒有送去警局。而最近的一次有趣經驗是：我去買麵包，結帳時店員告訴我一共兩百零一元，我口袋一掏，剛好是兩百紙鈔，既不敢厚臉皮地要店員少算一塊錢，又不甘願為一塊錢抽掉一個麵包，當下立刻體會「一文錢逼死一條英雄好漢」的真諦。

就在絕望之際，低頭竟瞥見腳邊剛好躺著一塊錢，我沒想太多，以極其優雅的姿態屈膝蹲下、拾起、放上櫃檯、推向店員、完成結帳，動作一氣呵成。

我發誓這是真實故事，沒有半點虛構。

當我跟我老媽說起這事，她大笑說：「你就不怕人家的監視器照到你的一切舉動啊？」

我倒是挺樂天的，寧可相信一切冥冥中自有安排，這麼剛好在我正缺一塊錢時，腳邊竟然出現。平日多積善行果然會有及時雨，多年來我固定的捐款、捐書甚至捐血，金額何止千倍萬倍，雖然捐的時候並沒有目的性，但後來遇上某些化險為夷的事件時，就會覺得：「啊……原來種善因終究會結善果。」

我知道有人必定不會認同我這番論調，認為我只是運氣好，或為自己好運找合理的藉口。唉，我都說了我不是聖人，遇事也會有無法跨越的盲點，如果你是道德重整協會的會員，可以不必理會我的說詞。

從小我們就被教育應該要拾金不昧，也被教育應該勿以善小而不為，但說實在的，如果我問你：「在路上撿到一塊錢（或者五塊、十塊也行），你真的會送交警察局嗎？」我覺得大部分的人應該都不會。不這麼做不代表這個人一定有嚴重的道德瑕疵，很可能是覺得送交警局反而需辦一大堆瑣碎的手續，根本是自找麻煩，更別提有的人根本不把這小銅板放在眼裡，連撿都懶得撿。

如果你也同意這個想法，那多少錢會是你願意「不昧」的起點呢？這就開始進入人性大考驗了。有的人一千，有的人一萬，縱使這也只是假想的狀態，真實遇上時也未必真能心隨意走，但會去考慮這個問題的人基本上都還是將道德感擺在自己心上的，雖然這不能拿來當成衡量道德感的砝碼，但當做強弱的指標其實也還算準確。

正如這個可能因撿到錢而犯下搬運贓款罪的人，為何會在搬回家十多個小時後又決定交給警方？我想他內心應該也歷經了不少交戰與轉折。他必然是思考過如果侵吞了這筆錢，可能會帶來的負面影響遠大過利益，才會決定把錢吐出來，他沒想到的是只因自己天人交戰的這段猶豫期，卻讓他可能變成刑事犯。

我也同樣好奇的是：究竟法律給不給人一點猶豫期呢？要多久之內把拾獲的金錢交出才不算是侵占呢？如果他因為這十多個小時的猶豫期就留下抹不去的案底，到底是會越鼓勵人勇於拾金不昧，還是占為己有呢？

看來要掙扎的問題還真不少。

那年春節 我在摩洛哥

趁著年假出國已是我的作息常態，某年的目的地是遠在西北非的摩洛哥。

原本沒想到要去那麼遠的國家，若不是朋友盛情邀約，我應該會挑近一點的地方，原因無他，年紀不小了，真的很怕長途飛行。但念頭一轉，如果現在不去，以後更沒動力，所以牙一咬，還是啟程了。

果不其然，兩段式的航程在第一段的八個多鐘頭就已經把我整得七葷八素，腿長的我縮在經濟艙的中間位子根本是酷刑，別人常遇到的客滿自動升等待遇怎麼就不曾發生在我身上呢？動彈不得的我在杜拜準備下機轉機時，雙腳已發脹到差點穿不進鞋子了。

還好第二段的飛行坐到了靠走道的位子，我的腳有了多一點空間伸展，不然真是會抓狂。不過就算如此，到了卡薩布蘭加機場時我的腰已酸到站不直，整個人像得了僵直症般硬梆梆。算算這一趟包括轉機的等待時間，總共花了超過二十小時，我才從惡夢中醒來，想到回程還要經歷一次，恐慌症差點發作。

摩洛哥氣候宜人，自然景觀豐富，如果忽略其過於單調的食物不談，其實是個不錯的旅遊地點。其北方以直布羅陀海峽與西班牙對望，離歐洲十分接近，也因此吸引很多歐洲遊客來此觀光或長住，在非洲國家中算是歐化很深的異數。

如果你喜歡大自然鬼斧神工的景致，這邊可以一口氣看到像埃及的沙漠、像蒙古戈壁的礫漠、像美國亞利桑那州的大峽谷、像太魯閣的縱谷、像土耳其境內的羅馬時代遺跡、像希臘的藍白色系建築，由於是伊斯蘭國家，清真寺更是處處可見，也有埃及或土耳其看得到的古城與大市集，要是沒時間跑遍那麼多地方，這裡真是可以一次網羅這許多特色的國家。

不過因為幅員廣闊，各景點相距有點遙遠，也因此長時間的拉車是免不了的，有些地方山路蜿蜒，一整天坐下來對容易暈車的人是一大考驗。而我不太想多做回憶的當地食物更是一大致命傷，如果你沒有一個容易適應異國風味的胃，自己帶泡麵是絕對必要的事前準備。

他們的道地餐食都是三道式的，第一道姑且稱為前菜，導遊說是摩洛哥式的沙拉，但絕不是你想像中那種沙拉該有的樣子。它由五六碟冷菜組成，大概都是馬鈴薯、櫛瓜、甜菜根、鷹嘴豆、紅蘿蔔、長米這類的根莖蔬菜，且香料下得很重（尤其是孜然），搭配他們的麵包吃（有點類似大陸西北地區吃的饢）。

第二道主食則通常送上一個大大的塔吉鍋（包含一個大底盤及一個圓錐形鍋蓋，都是厚重的陶瓷打造），這是唯一一道熱食，多由牛、羊為主，也可以是雞肉或純蔬菜，一樣混合著洋芋與胡蘿蔔及濃重的香草料。因為口味偏鹹且甜，又沒有什麼葉菜類可搭配，其實很容易膩口。

第三道就是餐後甜點，高級一點的會奉上布丁或當地的小甜餅，陽春一點的就直接端上一盤水果（最常見的就是橘子與香蕉，偶爾可見草莓），再加上一杯又熱又甜的薄荷茶，一頓飯就此畫下句點。

我把菜色PO上臉書，大部分的朋友都認同不合胃口，但也有少數人覺得地中海式的飲食風挺健康的。雖然美味與否很主觀，但全團有一半的人都在鬧肚子，到了後來前菜上來大家幾乎都不動餐具，就可知道這應該不是我個人太挑嘴。所幸我備有泡麵解危，其他人則討論著一回台灣就要去吃牛肉麵、麻辣鍋或清粥小菜、熱炒99。

回程的離境登機更是讓我大開眼界，鬧烘烘又沒秩序的候機室像是擠滿逃難的人群，同行的同學就說，若有人問他摩洛哥值不值得來？他應該會奉勸等個十年再來。臉書上的朋友則回我：「過於安逸的摩洛哥還值得一遊嗎？」可見關於旅遊這件事，每個人的容忍度實在相距甚鉅。

若要問我的看法，我會覺得摩洛哥對觀光客的態度是不夠友善的，從他們的機場及公共設施或通關的便利性來看，真的會讓遊客有些卻步。但整體而言，摩洛哥還是很值得在有生之年一遊，如果喜愛不那麼精緻的旅行（不要求食宿都是星級品質），耐得住長途飛行，有著隨遇而安性格且勇於嘗試新事物的人，這裡更是口袋名單之一，絕對會有難忘的驚奇。

虛擬退休

一個原本任職廣告界的朋友，在一番人事傾軋的不平等待遇後，決定離職。由於對於職場文化的紛擾感到倦怠，不想再急著跳進另一個泥坑的他，想讓自己體驗一個遊戲，姑且稱之為「虛擬退休」。

他的年齡與我相仿，但他其實已打拼了二十多年，累積了一些身家，資歷夠深的他就算不再進大公司，自由接案其實也可以維生。他說：「其實老早就有退休的想法，只是一直找不到好時機，現在離職了，我想來模擬過一段退休的生活，看看會不會真的比較快樂？」

他跟我說這個想法約莫是半年前的事，當時我也對他的決定很感興趣，想看看這個遊戲會怎麼發展？半年過去後，他又回到職場，因為他發現退休生活不如想像中愜意。

他說剛開始的幾天確實很閒適，再也不必趕著一大早起床，雖然生理時鐘還是讓他不自覺地醒來，但至少可以多在被窩裡賴上一個小時。但這幸福感很快就被無精打采給吞噬，而且以前老婆一手包辦的家事現有三分之二落在他頭上，只因他是個「閒人」。怎麼回事？他本來打的如意算盤全都變了調，這哪是什麼美妙生活？

吃過早餐的他拿起遙控器開始看新聞，看完一節後就不想再看了，因為只是不斷的重複。本以為退休就可以遠離電腦與網路，卻不自覺地又打開筆電看臉書，這一坐一個早上就過去了。他想，吃過午飯該來做點有意義的事，不如上健身房運動一下吧，以前總抱怨沒時間運動，養大了一圈鮪魚肚，現在時間這麼多，不能再有藉口。

結果才上跑步機跑了十分鐘，就喘得上氣不接下氣，只好換騎飛輪，騎了不到五公里，小腿竟抽筋，他只好停下來休息。

他以為這是萬事起頭難，一切會漸入佳境，但運動後的肌肉酸痛卻讓他想打退堂鼓，果不其然，持續不了兩個禮拜，他就不再現身了。去旅行吧，他想。可是從未自助旅行過的他完全不知從何開始，想到要獨自安排交通食宿、辦簽證，林林總總的雜事，又讓他裹足不前。勉強參加了一個旅行團，回來卻抱怨連連，說團員素質太低，導遊又不斷帶他們參觀紀念品店，根本是個購物團。

結果那次旅遊就成了這虛擬退休裡的唯一一次遠行。

更可怕的是，自從不上班後，他發現自己老化得更快，體重也直線上升，他意識到如果這樣下去，應該很快會變成癡肥老人。而他跟家人的關係也迅速惡化，老婆對他飽食終日無所事事極度不爽，口角不斷，兩個青春期的孩子更是輪番跟他唇槍舌戰，讓他成了家中最不受歡迎的人物。

這遊戲在他變得越來越不快樂之際提早結束，寧可回到熟悉的生活戰場，也不要這樣漫無目的的過日子。

他說，如果以後退休的生活就是這樣，那他寧可不要退休。哈，可能也說出了很多已經退休者的心聲。

我想應該是沒找到生活的重心，又缺乏興趣來支撐，才會搞得這般狼狽吧？很多事情真的不能等退休後才開始學習、開始培養，雖說活到老學到老，但人一旦變老，對很多事情的興趣跟熱情會大不如前，最好還是在年輕時就投入一些興趣活動中，退休時自然得以延續。

而退休後最忌整天端坐家中變成「活家具」，出門找點事做，就算做志工也很好，維持人際互動，不封閉視野，才不會成為人見人厭的怪老頭。

這世界就是如此奇妙，有人整天喊著想退休，等到真的退休又怨聲載道，既然沒有一個狀態真能皆大歡喜，好好把當下生活變有趣才是解決之道吧。

吃相與暢快如何抉擇？

我們從小就被教導很多禮儀，在不同場合派上用場，以顯示自己是個有教養的人。餐桌禮儀就是其中之一。

家庭裡的餐桌禮儀算是陽春版，不過就是以碗就口、吃飯喝湯不出聲、碗裡食物需吃乾淨、筷子不得敲碗、不得直插在飯裡等規矩。等年紀漸長，有機會在一些正式場合用餐，人家會告訴你更多進階版的禮儀，例如餐具的取法、擺放的意義、食物的吃法、儀態的優雅等。表面上看似知道這些細節才算文明不鄙俗，事實上我覺得失去了很多樂趣。

也就是說，這些禮儀常跟大快朵頤相牴觸。

063

吃相與暢快如何抉擇？

怎麼說？某些食物不手口並用，實在很難過癮地吃。從剝蝦吮蟹到撕咬雞腿、啃啖豬蹄，如果拘泥於禮儀端莊，恐怕只能坐著發呆；但若想發揮吃貨本色，必定要冒「吃相難看」的大不韙。在自己家裡當然無所謂，如果身在高級宴會或重要場合，要放膽吃還是望菜興嘆，真的是很難的選擇題。

有一次，我忘了是參加一個什麼飯局，與會的有好幾位大人物，席間一道菜是烤乳鴿，每人半隻被分好擺到自己面前。乳鴿說大不大，但這半隻要如何拆解才能好好吃下肚又不失優雅？我決定先觀望一下其他人的動作再說。但是大人物只顧著交頭接耳忙著密商大計（這種餐會對大人物來說，食物本就不是重點，他們只著重談話與酒），幾位衣香鬢影的女士根本連筷子都很少動，可能怕破壞妝容也壞了形象。

怎麼辦？我不希望看著它就這樣上來又下去，於是我用湯匙壓住它，然後用筷子試著分下那隻鴿腿，但這顯然不是個好辦法，不但發出很大的匙盤碰擊聲，還險些把一旁的水杯給撞倒。坐我旁邊的賓客看出了我的困窘，輕聲跟我說：「沒關係的，你就用手拿著吃吧，這是餐廳的疏失，他們應該準備讓客人可以直接用筷子夾起來的菜餚。」

我本想照辦，但看著滿桌的人似乎都要盯著我出糗的模樣，我實在犯不著為了吃一隻鴿腿讓自己落入狼狽之境，只好怯怯地放下了餐具。另一邊的女士則好心的幫忙喚來服務員，請她幫我將這乳鴿拿下去切解後再端上來，一時間許多客人紛說他們也要如法炮製，彷彿得到救贖。我向這位女士道謝，謝謝她化解了我的尷尬，她只是淡然一笑，眼神裡似乎在告訴我：我知道你的感受！

還有一次，念研究所時跟一些系上老師及研究生們聚餐，中間來了一盤「避風塘炒蟹」。其實品蟹的過癮之處，就是要持蟹細細將殼內每一吋鮮嫩蟹肉給吸吮出來，連肢端末稍都不放過，才是最高境界，如果只是草草呷嗑兩下便棄之，那是暴殄美味，不懂吃的人。有位老師見大家都不好意思動手，自己率先品嚐起來：「美食當前，現在可不是管吃相好不好看的時候！」

他的一句話宛如一道解禁令，大家才都盡興開吃，顯然我們都被所謂的禮儀給框住，減損了飲食樂趣。

無怪乎有人認為吃應酬飯最是無趣，根本不能盡情地享受美食，到最後常是只帶著半飽的肚子回家，而滿桌的菜大半都回收倒掉，甚是可惜。

我也這麼認為。

所幸我吃這類場面飯的機會少之又少，而且來到這把年紀了，吃相好不好看已不再是那麼重要的問題。人生幾何，能暢所欲吃是種無可取代的幸福，尷尬與否，就訕笑由人吧。

藥酒文化二三事

在台灣，或許說整個華人地區，藥酒文化風行了很長一段時間，若只是單純將一些中藥材入酒，或許也不足為奇。但很多好此道的人士，為了增添藥酒的功效，總愛在其中加入一些珍禽異獸，有時看了還真讓人冷汗直流。

小時候父母親帶我去逛華西街夜市，除了親眼見識過殺蛇的血腥畫面，最怵目驚心的應該還是那一缸缸的陳年蛇酒。愛補身的人將之視為珍寶，膽小民眾則躲得遠遠。

後來長大些，父親有朋友在開中藥房，每次去作客，也總看得到一罈罈的藥酒，有的泡鹿茸，有的泡海馬，有的泡蛤蚧，當然也有些蛇啊、鞭啊、土龍之類的。有個國中同學的父親超愛此道，我到他家看過，有虎頭蜂酒、蜂蛹酒，居然還有蠍子酒，真是讓我開足了眼界。

這幾年來有機會到一些亞洲國家旅遊，才發現這樣的泡酒習慣不只台灣才有，很多地方用來泡酒的「材料」更是五花八門，舉凡天上的飛禽、地上的爬蟲或昆蟲、動物植物，無一不可入酒。我就曾在柬埔寨看過用看似蟑螂及大蜘蛛泡成的酒，女團員都嚇得花容失色，只見那老闆還一直對我們幾個男士擠眉弄眼，意思彷彿是暗示：「要不要來一杯？這酒喝了絕對讓你們更勇猛。」

我們只能對他抱以感謝的微笑，還是敬謝不敏，我想他大概會在心裡笑我們太不識貨吧？

這樣的藥酒文化或許我們是見怪不怪了，但在老外的眼中可能會變成驚世奇譚。之前亞特蘭

大的哈特斯國際機場海關，就在一名南韓旅客的行李箱內發現了大批蛇酒和藥酒，讓海關人員在驚嚇之餘，馬上將行李扣留檢查。

這個機場的X光機掃瞄人員在檢查托運行李時，發現這名旅客的行李箱中竟裝有三十條死蛇外加一隻死鳥，還有其他藥酒之類的違禁品。機場馬上聯繫美國魚類暨野生動物管理局，這些專家懷疑其中某些死蛇可能仍含有毒液。除了將這批「動物屍體」查扣，這名未被公布姓名的旅客，還可能面臨罰款的處分。

東西文化果真大不同，這些被東方人視為可以保健治病強身的珍貴藥材，對歐美人來說簡直是令人作嘔的動物屍首，如果他們知道這些屍體所泡成的酒可能價值不斐，不知會作何感想？

有一次我妹妹招待幾位來自義大利的客戶，為了讓他們體驗一下台灣道地的小吃文化，特別帶他們去華西街夜市走了一圈。據說他們幾乎全程都是瞠目結舌還驚呼連連，我妹說當他們看到冬蟲夏草泡的酒，還以為那是真的蠶寶寶，經過一番解釋才讓他們相信那是一種藥草，讓他們深覺不可思議。

我不否認這種補酒的傳統能延續至今，應該是有幾分道理，但其中也不乏心理作用的成分。東方男人大概對自己的身體太沒有自信，或是太有危機感，才會讓這樣的文化代代流傳、歷久不衰。如果他們願意多花一點時間去運動，或許效果會更好。

本以為這些都是上了年紀的大叔大伯們才會獨沽之味，現在卻發現身邊一些年輕人也開始接受藥酒文化，好像出現某種中年危機似的。我也聽說某位暢銷書天后曾有一段灰暗歲月，經常借酒澆愁，喝到後來連五加皮藥酒都可以一仰而盡。我目前是沒有這樣的需要，將來就不得而知了。

無論你接不接受，飲酒都該適可而止，一旦過量，就算補酒也成毒藥。

那些年的追星歲月

每回有外國知名藝人來台開演唱會，就可以看到一大堆「追星族」從機場入境大廳開始，一路追到下榻飯店，然後接下來的幾天幾乎全程尾隨，不管是記者會、宣傳行程、探訪夜市，你永遠可以看到追星族的身影，聽到他們的尖叫聲。

我覺得很納悶，他們看來都很年輕，應該不是學生就是上班族，巨星來的時間既非例假，也不是節日，那他們為何不在課堂上，不在辦公室，反而出來「趴趴走」呢？

朋友也跟我有同樣的疑惑，他說每回百貨公司週年慶，總有一大群人天還沒亮就跑去門口排隊，根本不是放假日，他們怎麼那麼閒？

答案很簡單，不是蹺課、就是蹺班。

這樣的現象是否正常？見仁見智。喜歡偶像沒什麼不好，每個人都年輕過，在我年輕的時候也有喜歡的偶像，但我們那時候可沒聽說過有人蹺課只為了去接偶像明星的機，更別說一整天跟著偶像跑行程，這種事要是被老師家長知道，大概會被打個半死。

但是現在，這種事卻像是家常便飯，媒體的強力放送更像在搧動燎原野火，年輕人看到別人都這麼做，自然有樣學樣，「他們都可以，我為什麼不行？」尤其現在孩子生得少，每個都寶貝得要命，家長不捨得打罵，老師也不能體罰，只能由他們去。

老師有老師的無奈，法令限制了他們的懲戒權，使他們綁手綁腳、有志難伸；那家長呢？孩子的學業會不會就這樣虛耗掉了？一個正規公司能容忍動不動就蹺班去追星的職員嗎？當然是不行。可怕的是，現

在的年輕人，被老闆罵完，隔天就不來了，「此處不留爺，自有留爺處；處處不留爺，回家靠老父。」父母的縱容，到頭來吃苦頭的還是自己。

我不反對崇拜偶像，在人生的某段歷程裡，喜歡偶像是件很自然的事，根本不用人教。而且偶像總是能教會我們某些事，其中之一是分享（你總是要跟千千萬萬的人分享這個偶像，他絕對不會只屬於你），另一件事是存錢（要努力存零用錢才能購買偶像的各種週邊產品）。

所以我不會像某些家長把孩子的崇拜偶像當成一種病態，但必須適度，這分寸或許很難三言兩語說得清楚，總歸一句話就是自制力，知道在追星與自己的正事間抓到一個平衡點。我中學時期也迷過偶像（雖然如今那些偶像多半已經沉寂），但我書照念、試照考，一點也沒耽誤，父母也就無話可說。

可是現在很多的迷哥迷妹，追星行徑趨近瘋狂，包車跟蹤偶像，守在電視台或飯店外一整天，甚至迷到茶飯不思、蹺家自殘，跟我說這些都不影響正常作息、工作課業，我很難相信。如果迷偶像迷到這般離經叛道、六親不認，我想應該也不是那個偶像所樂見的吧？

一個朋友說得好：沒有偶像可迷的少年時代是可憐的。他覺得這很像是出一場痲疹，出過了也就免疫了，一味嚴禁只是逼得孩子轉入檯面下進行，家長反而更難掌控。與其讓孩子變成凡事偷偷摸摸地來，隔閡越來越大，還不如約法三章後大方放手。

關於追星的掙扎歲月，勢必是代代相傳永續不滅的共同記憶，如何借力使力、兩全其美，考驗家長的智慧。

上天的恩寵與考驗

家有罕見疾病的小孩，絕對是種沉重的負荷，不管是經濟或是心理上，即便再富有，一樣會弄得心力交瘁，而且是一條漫無盡頭的長路。

有一對教師夫妻，學歷和收入都還不錯，在一般人眼中被認為是幸福的一對。但這對夫妻婚後生下一名兒子，卻不幸罹患先天性重度地中海貧血，原本應該是迎接新生命的喜悅，一下子卻跌入深淵之中。

再甜蜜的夫妻，也很難禁得起生活中最殘酷的瑣碎，一個重度貧血的嬰兒，早夭的機會非常高，必須經常進出醫院，兩個都在教書的夫妻，有時根本分身乏術。這樣的狀

況一次兩次或許還能勉強配合，當它變成生活中的常態，玉帛到最後也變成干戈。

精神壓力過大的兩人，變得經常為了細故發生爭吵，甚至互毆。丈夫開始不喜歡回家，因為家庭讓他頭痛不堪，即使回家，兩人也不再同房。照顧孩子的重擔落在妻子身上，當然更令她抓狂，她開始懷疑老公可能在外偷腥。

丈夫對老婆的指摘嗤之以鼻，反而更令妻子堅信自己的直覺，甚至認為老公應該是在外有了私生子，才對這個孩子不多聞問。越滾越大的爭執，成了一本怎麼理也理不清的爛帳，講不清就動手，這成了他們最慣用的「溝通」方式。兩個傳道授業的師表，卻解不了自己的惑。

一方動手，另一方就提告；而另一方出言恫嚇，這一方也依樣以提告反制。才短短兩三年，兩人互控對方家暴、傷害和恐嚇的案件竟超過二十件，情分一點一滴的耗盡，終於走上互相訴請離婚的末路。

對簿公堂時，兩人還是在法庭上互控對方不是，先生說老婆無理取鬧，妻子說丈夫有暴力傾向，法官看了也不禁搖頭。既然兩人的目標一致都是離婚，法官也認為兩人實在難以再共同生活，就判准離婚。但對妻子主張要求丈夫支付兩百萬的精神撫慰金，法官倒是沒有同意。

太太很不服氣地說：「我在懷孕前就叫他先去做血液篩檢，他就是一直不肯，才會讓我產下患有先天性重度地中海型貧血症的兒子，這難道不是他的責任嗎？」

法律上並沒有這樣的規範，因為即使他先生驗了血，也不能說就一定會生下不正常的孩子；而就算生出不正常孩子的機率比較高，也不能因此剝奪他的生育權，這樣的主張並不合理。

我有個高中生物老師也生了一個唐氏症寶寶。照理說自己教生物，不會沒有優生學的概念，但事情還是發生了。不管再怎麼怨天尤人、煎熬難過，還是必須接受這個事實，雖然他必須一輩子扛著這個負荷，但他把孩子當成老天給他的功課。

無論如何，孩子還是自己的，大部分的父母應該還是會做同樣的選擇，真的會像小說《不存在的女兒》當中的醫生，把唐氏症女兒送走的，為數絕對不多。

如果罕見疾病兒童注定來到人世間，我們能狠心拒絕嗎？相信很多人的答案都是不行。但如果問你是否願意讓他降臨在你家？我想大家絕對充滿掙扎。這是人性的矛盾，無關乎對錯。

既然有些家庭就是無可避免地要接受這上天來的考驗，那就應該以更健康的心態來面對。我曾聽說一個大企業老闆的家庭也誕生了一個罕見疾病寶寶，家中輩份最高的爺爺非但沒有責難媳婦，還說這個孩子是塊寶，因為家族的所有業障都讓這個孩子擔了，誰敢歧視他？

很高的智慧，值得你我學習。

喊燙的討厭鬼

有一句台語俗諺說：「別人在吃米粉，你在一旁喊燙。」原句頗有些皇帝不急、急死太監的意味。但仔細想想，吃米粉是個人的事，是燙是冷、是美味是難吃，感受都在吃的人心中，別人憑什麼來插話？但偏偏就是有人喜歡越俎代庖，好像自己比當事人在行，這種人當然令人討厭。

表現在有競爭性的比賽中，這樣的人就更是犯了大忌，古語有云：「觀棋不語真君子。」人家在對奕，不管下的人棋藝再怎麼差，他都是主角，背後的人絕不可以大放厥詞，有位仁兄就因嘴巴太快惹了大禍。

報上說這個人自以為棋力高強，人家棋下得好好的，他卻在一旁碎碎唸。一下說這步棋不該這樣下，一下又嘲諷人家不聽勸告難怪會輸，此舉引來下棋者的不爽，並被口頭制止。但他顯然太白目，不但沒有停下來的意思，還是繼續高談闊論，儼然一副專家口吻，終於讓下棋的男子耐不住火氣，把這個大嘴巴壓制在地上後，就往他的臉上揮拳過去。

下場當然很慘，他被揍到眼窩出血還出現青光眼症狀，可能不敢再隨便看人下棋了。

信不信？我們生活裡還常會遇見這樣不識相的人。我有好幾次在看電影時，遇到愛分析劇情

的討厭鬼，人家看電影是要專心進入劇情，他卻好像以影評人自居，不斷在發表他對導演、演員的意見。如果是跟我同行的人，我會禮貌性的請他閉嘴，如果是不認識的人，我大概會換個位子以圖清靜。

還有那種已經看過一遍又陪朋友來看的人，邊看還邊預告下面的劇情不斷爆雷，自以為體貼的討厭行為，才更是令人抓狂，原本看電影的好興致全都被破壞殆盡。此時若有人出來見義勇為，我真是打從心裡鼓掌叫好。

我還聽朋友說過他打麻將的趣事，有一次他跟幾個同好正進行方城大戰，戰況很激烈，有一家已經連莊好幾把，重點是輸贏也不小，這時不知哪兒冒出一個人，居然站到莊家後方觀戰。他若是靜靜看也就罷了，卻又不甘寂寞地下指導棋：「你幹嘛碰這張？沒必要啊。」「打這張才對啦，怎麼會打那張呢？」就這樣每打一張，他都有意見，弄得那個莊家原本很自信的氣勢，變得猶豫不決。

結果那一把他不但沒胡還放槍，好不容易旺起來的手氣全給「拐」掉了，氣得他站起來跟那個爛軍師大吵一架，原本的好交情差點為了一局牌反目成仇。還好大家趕緊起來打圓場，否則那天大家也別想再繼續打牌了。

有的人天生雞婆，好像看什麼都想參一腳，就算不加入也要動嘴才有參與感。這種不吐不快的性格常會讓周遭的人看了刺眼，且多半是他自己講得很暢快，旁邊的人卻恨不得拿膠布把他的嘴封住。

說穿了就是不懂得尊重。

大家都認為現在是個言論自由的年代，電視電台裡隨時可以call in，想說什麼就說什麼沒人攔得住，於是很多人覺得自己有話就可以說，別人管不著。但他們沒有想過，自己有說的權利，別人有沒有不聽的權利？

當他們講得很高興的時候，有沒有一點點在乎旁邊的人是不是真的願意聽他說？如果大家已經認同「所謂自由，是以不妨礙他人自由為原則」，那當你要脫口而出時，也該注意旁人也有不聽的自由，那才夠格談言論自由。

下一次，可別當那個喊燙的討厭鬼。

悠悠
考試夢

我常常會做一種夢，並不全然是噩夢，但絕對不是美夢。

夢境中我會回到學生時代，通常是高中，而且必定是考試的前一天。這時的我顯然是在臨時抱佛腳，考試內容根本沒準備完，不，該說是完全沒準備，就在慌張之中，我已經被迫走進考場。

拿到試卷的我一臉茫然，因為我發現自己一題也不會，不會不代表我可以坐以待斃，我那奮戰不懈的精神又被激發了出來。於是，我還是振筆疾書，管它文史數理，反正寫就是了。

夢來到這裡，常常就有兩種命運，一是在考試結束鐘聲響起的同時，我也因為考卷沒寫完而驚醒，然後慶幸一切只是夢。另一種是考卷發下來，成績慘不忍睹，我在老師的責罵聲中驚醒，也是慶幸一切只是夢。

雖然不算噩夢，卻讓我冷汗直流，雖然不是美夢，卻也因慶幸而微笑清醒。

每當我跟朋友說起這種夢境，朋友總笑我：「你看，這就是念太多書的下場，都畢業這麼多年了，還深受遺毒之害。」

這當然是玩笑話，但也不能否認，是不是因為一直都把成績看得太重，才會在步入中年了，還做著這樣的夢？

當我還在念高中時，有個物理老師也曾在課堂上陳述過相似的夢境，當時年紀小，

無法體會這種驚恐與無奈。他看來若有所思，只是不知他感嘆的又會是什麼？

年少時代看待考試，人人都像在殊死拼搏，等出了社會才發現，那些當初看得比什麼還重的考試，跟漫漫人生要面對的難題比起來，真是渺小如滄海之一粟。可是當局者迷，我這個課業方面的「好學生」，實在無法等待出社會之後再來印證一切，還是在考卷中橫衝直闖。

而遙想當年，其實身邊最親近的父母師長，都是讓我看重成績的「幫凶」，他們無時無刻不在提醒我：「你考不好，你的人生就完了！」甚至會因達不到他們要求的標準，對我有言語或身體的責罰。

那些話聽起來，每一句都像猛地一口冰水帶給我牙齒的刺痛。

這麼多年過去了，我早該把那一些痛苦的回憶丟進垃圾桶，沒想到它們卻又陰魂不散地偷偷踅回來，在我的夢裡做怪。

這幾年我常看到許多成績不錯的學生，卻在眾人驚呼聲中跳樓輕生的新聞。什麼原因讓他們在還沒開啟人生就尋短見？我想那些無形卻重過千斤萬斤、關於成績的壓力必然是最大推手。很多家長必然會搶著辯白：「我沒有給他壓力啊，更沒有打他罵他，我實在不明白他為什麼要做這種傻事？」

這些家長真正不明白的是，他未必要打罵或付諸言語，有時候一個眼神、一個拍肩，都是沉重的壓力。我有一個朋友說，他永遠記得小時候考不好，他爸爸拿著那張考卷無奈搖頭的表情，讓他覺得自己對不起祖宗八代。另一個朋友說，每次他夜讀，母親端了一碗豬肝麵進他房間，然後勤誡勤懇地對他說：「孩子啊，辛苦你了，爸媽以後都要靠你了……」他的胃就開始隱隱作痛。

壓力的樣貌不只一種，它可能化身慈悲，也可能裹上糖衣，來襲時你無法招架，等時過境遷，它還在持續地顯現餘威。

你痛，它快；你嚇出一身冷汗，它在暗暗竊笑。

有生之年，這樣的夢必定還要跟著我，不時與我促狹一番，讓我從掙扎中醒來，往好處想，我的心底還住著慘綠年少，保持赤子之心。

失去意義的博愛座

在我還是小學的時候，有一門課叫做「生活與倫理」，如果你也記得這個科目，那我們的年齡大概不會相差太多。

這個科目主要是在教育小朋友正確的道德價值觀與社會規範，所以諸如：不可以邊走邊吃、走路要靠右邊、過馬路要走斑馬線、不可以闖紅燈、頭手不可伸出車外、不可以亂丟垃圾、不可隨地便溺……這些觀念與守則，都是當年這樣一條一條刻印在我們的小腦袋瓜裡。

而「坐公車要讓座給老弱婦孺」當然也是當時的教條之一。年齡漸長，我很快就發

現，很多考試時被奉為圭臬的標準答案，到了現實生活裡卻常被一般人視為無物。很多人不但坐一般座位不會讓座，連坐在博愛座上也像被強力膠給黏著一般，八風吹不動。

我知道很多人對博愛座的設置有不同的意見，有的人甚至認為該廢除這樣的「美意」。這些想法各有各的理，我不予置喙，單就實際可以觀察到的現象來談，現代人的施與受顯然都有耐人尋味之處。

有的人完全不介意別人眼光，不管眼前站的是多老、多弱還是大腹便便到隨時可能生下來的狀態，他都可以視若無睹繼續滑他的手機、聽他的音樂，彷彿與世隔絕的隱士。有的人皮歸皮，要是旁人提點一下，還是會識相地起身讓位，就算心裡老大不願意。

有的人有道德潔癖，看到博愛座必閃，即使全車沒有任何需要讓座的對象也抵死不坐，寧可站著。有的自己雖不坐，卻也不許別人占座，彷彿車廂糾察隊，令人壓力頗大。

而被讓座的這一方也是千奇百怪，有的其實不見得那麼需要座位，卻直挺挺地站在博愛座前，非逼得別人讓座不可。有的則是別人怎麼讓他都不肯坐，好像他一坐就是承認自己年紀太老一般渾身難受。

有的中圍比較大的女生，一看到有人要讓座，不是翻白眼就是離得遠遠，因為被誤認為孕婦的感覺實在太尷尬。有的明明該去坐博愛座卻偏偏坐在普通座上，結果弄得別人沒位子坐又不敢坐博愛座，最後只好罰站……

前一陣子有位北一女的學生因沒讓座，而被網友以極難聽的字眼批評辱罵，結果原來是那名女學生腳不舒服才未讓座。本以為是發出正義之聲卻反而引來大批網軍撻伐，連身為北一女家長會長的我學長也跳出來捍衛學校名譽，一時間究竟需不需要讓座的話題頗為喧騰。

而我年近七十的媽媽最近恰巧也為讓座問題惹了一肚子氣。某次搭公車，她就坐在博愛座上。後來又上來一位老太太，沒想到自以為正義的司機居然一再廣播暗示我媽媽必須起身讓座，我媽只得站起來。等我媽要下車時亮出她的悠遊卡是敬老身分，司機才趕緊道歉說是自己誤會了，事後我安慰老媽說：「往好處想，是妳看起來比實際年齡輕太多，才會被誤會。」但她還是覺得嚴重受辱，難不成每次上車都得先報上年齡才能坐博愛座？

據說日本的長者很少要求別人讓座，有的甚至會因為別人主動讓座而不悅。或許他們覺得自己沒老到站不住，或許體諒坐的人也真有需求，也或許認為站一下反而比較健康。總之，他們不會把讓座這件事當做一般常人應盡的義務。

反觀我們，教育考試是一套，實際生活中的樣貌又是另一套「生活與倫理」，成了極不合時宜的諷刺。或許教導學生思考將心比心的體貼，會比一堆八股教條來得有意義。

溝通障礙的糾結

偶爾，我會遇上一個有口吃的病人，這是另一種溝通障礙。

口吃當然非他們所願，也不是他們所能控制的，其實他們一定也很急，急著要表達心中的想法，急著不把一句話說得斷斷續續、疊字連連。但是越急就越糟，再加上緊張，有時還真難聽懂他們在說什麼。

聽不懂，卻不能失去耐性，否則就很容易被當成沒有醫德的醫師。我只能引導式的發問：「你的意思是，你想……」或「你是不是想問……？」來猜測或化解請對方重講一次的尷尬。

他們也知道自己可能詞不達意，所以如果我一直回答對方：「什麼？」「我不懂你的意思……」他們或許會更加緊張或以為醫師在責備他們，反而讓醫病關係出現裂隙。

不善言詞的除了口吃者，還有瘖啞或聽覺障礙者。

要與這樣的患者溝通，溝通的時間往往會超過治療的時間，但我們也沒有拒絕的權利，他們既然找上了我，對我必然有某種程度的寄望與信任，直接拒於門外不但無禮，也顯現了不夠專業，所以明知吃力不討好，還是打起精神面對。

言語派不上用場，而我又不諳手語，只好祭出紙筆，然後大半的時間就看我們把寫好的東西傳來傳去，空氣中只剩一片靜默。雖然很耗時，但有時也覺得這種溝通有其好處，因為不容易起爭執。試想一下要用書寫的方式在短時間內與人針鋒相對是何其困難的事？

而且他們常會在家中就寫好一篇措詞委婉又堅定的「就診書」，來展現他們誠懇又明確的意向。誠懇但未必中肯，明確但未必正確，所以我為了說明，只好也洋洋灑灑剴切回應，雖然無聲的溝通較無煙硝味，但也不代表一定能達成共識。沒有共識時，他們的眼神與表情就能說明一切——失望也失落，妙的是，我居然也很自然地回給他們一個無奈的苦笑，代表著：我也很抱歉，無法滿足你的要求……。

相似的溝通障礙也可能發生在中風的病人或有輕微失智的患者身上，中風病人若傷到了語言中樞，說起話來結巴的程度並不亞於口吃者。輕微失智者也容易一再重複問過的問題，即使我已經回答了好幾遍，他們卻像是第一次提問一般，完全無視我那已被磨耗殆盡的耐性。

他們的共同點在於他們完全不是出於故意，他們也想清楚地表達自己的問題與需求，但身體的機能無法允許，所以或許他們也很懊惱，也覺得抱歉與尷尬。也因為如此，更讓人難以拒於門外，但接了也是麻煩多多，如果沒有親人陪同，也很難確認他們究竟了不了解我的說明，或是他們的同意是否有效，會不會下次來又推翻自己的說詞？看與不看，常陷於兩難。

如果溝通是門藝術，那麼與有言語障礙的人溝通，應該是藝術中的藝術。其實這層障礙是技術性可克服的，關鍵就在時間與耐性，不過也未必百分百成功。無法成功溝通完成治療的個案或許令人有點沮喪，能完成治療的成就感則遠勝於一般病患的數倍，雖然報酬並未因此增加，雖然下次遇到這樣的患者仍會充滿糾結，但能幫上這樣的病人仍是件無比快樂的事。

及時的方便

我的診所雖然不在繁華的黃金地段，但奇妙的是，常會有路過客進來問是否能出借洗手間。

關於這一點，我曾寫過文章討論，因為我和同業們都曾遇過好心給人方便，卻換來被糟蹋的慘痛遭遇。有的同業們因此「收傘」，從此不再開方便之門，但我還是不忍這麼做，儘管助理略有微辭（因為常需要去清理善後），這跟我小時候的某次可怕經歷有著很大的關係。

我的腸胃向來敏感，唸國小的時候（幾年級有點不確定，但絕不是低年級），有一次上課上到一半，肚子居然劇痛，我知道老師不可能同意學生半途去上廁所，只能一直忍，但小學生有多能忍？而離下課鐘響還有好久，每一秒都在凌遲。終於，我還是舉起了顫抖的手，向老師提出要去廁所的要求。

沒有意外地，老師不准，只丟了一句「下課再去」，就轉頭繼續寫他的板書。而我，就這麼絕望地、痛苦地、羞恥地……拉了出來。

接下來的劇情我其實不太想鉅細靡遺的交代，因為你可以想像會有多尷尬跟丟臉。總之，我花了好一番功夫處理殘局，慘不忍睹。而時值夏日，異味一直縈繞左右、揮之不去；同學的訕笑、老師的不屑和我的自慚形穢，交織成一幅極度扭曲的浮世繪，永遠定格在我腦海中，儘管已經是近四十年前的事了，它不曾褪色過。

這個可怕的災難其實後座力遠比我想像的巨大，直到現在我還常在夢境中夢到內急卻找不到廁所，或是找到了廁所卻無法使用，或髒得讓人不敢上的畫面。

然後，驚醒。

我沒有太怨恨當年的老師與同學，或許在那個時空背景下，這樣的劇情推陳是合乎常理的，沒人會認為那有什麼不對。反而，我才是那個做錯事的小孩，我不該在上課時突然鬧肚子，不該中斷干擾老師的教學，不該影響鄰座的感受……一切的不堪是我咎由自取。

事後有個同學還在我的課桌上調皮地寫下：「騎機車請戴安全帽，記取血淋淋的教訓。」真有創意呀，呵呵。

有了如此深刻的教訓，每每看到有人急著找廁所，我都能感同身受，那種急迫的驚恐絕對是能讓人直冒冷汗、六神無主。如果我是當事者，有人能給我一個及時的方便，我肯定會感激涕零，永遠記得這份恩情。所以，遇上進來的求助者，我從來不曾拒絕，雖然受助者偶爾令人失望。

生命中難免有些顏面掃地的時光，對每個人造成的傷害各有不同，我未必比其他人善於處理受創的心靈。對我而言，似乎有種自我保護的機制會自動開啟，告訴自己：「你沒事的，會挺過去的。」縱使當下臉皮紅到發燙，頭低到不能再低，心跳快到爆表，當耳中響起這個聲音，就像有層玻璃罩把自己與外界隔了開來，擋掉一切利刃般的言語與眼光。

這件事本該遺棄在記憶的底層，但有些事卻好像被鑽石刻劃過的玻璃，紋路已經太深，無法被抹平。哪怕已經積塵，偶爾還是會浮現出來提醒你它的存在。既然無法遺忘，就和平相待吧，或許寫出來不能療癒什麼，至少我不再閃躲，也許轉化成一點正面力量，幫助其他人避開難堪的局面。

那這個創傷就不是全無意義，對吧？

少問少錯的原則

每年考季一過，總是幾家歡樂幾家愁，開業這些年來，每年都有我們的病人要參加考試，我從中也學得一些說話的技巧。

以前我總會自以為關心的問：「考上哪一所學校啊？」這樣問其實有一半的機會是會惹來白眼的，雖然我的出發點真的只是關心。考得好的當然會不吝分享好消息，家長更是會滔滔不絕地聊起一本堅苦卓絕史，恨不得將這幾年的辛勤努力都交代清楚。看他們說得眉飛色舞，雖然同樣的劇情我已聽過太多，還是笑著給予祝賀。

但若考得並不理想，氣氛一下子就凝結了起來，立刻可以體會「話不投機半句多」的真諦，連想趕快轉個彎找別的話題都顯得超不自然。此時再多的安慰也無濟於事，反而像是塗在傷口上的消毒劑，讓人痛進骨子裡。

我記得有一個自小功課一直不錯的孩子，他的媽媽每次來看牙總要炫耀一下兒子又考了全班前三名，傑出的表現讓我印象深刻。某一年考完高中學測後她又來看牙，我想她必然要來「放送」最佳戰績，不等她開口，我就先聲奪人：

「恭喜呀，你們家小傑應該穩上第一志願了對吧？」

結果她卻一反常態，冷冷地回了一句：「沒有啦，考得不好。」

我像被澆了一盆冰水，不知該如何接話，助理在一旁想幫忙緩和僵局：「沒關係啦，高中再拼三年，大學考好就好啦。」

「他說他不想念一般高中，要去念高工。」媽媽一臉的失落與無奈。

「高工也很好啊，學一技之長，將來不怕找不到工作。」

話題很快就打住了，聽得出這個媽媽並不同意助理的看法，而且是極度失望的神情與語氣，而從那次之後，她就不曾再走進我們診所，一次都沒有。

另一次是一對母女，考前來看牙時，媽媽就跟我們說女兒雖然成績很不錯（模擬考都是第一、二志願），但她一直給自己很大的壓力，媽媽覺得女兒實在太辛苦了，很心疼。考完之後一段時間再來，我也是隨口問她考得如何？她的媽媽說她考上中山女中，我跟助理都大聲恭喜她，但這個女孩卻是悶悶不樂。

她媽媽把助理拉到一旁小聲說，她女兒放榜完哭了好幾天，因為考前全班師生都看好她會上北一女的。她一直安慰女兒說中山已經很好了，但女兒就是聽不進去，她也不知該怎麼辦？還好後來漸入佳境，再來看牙時已開朗許多。

有了這些不太好的經驗，我就不敢這麼單刀直入地問關於考試成績的事，因為真的很怕誤傷了別人的玻璃心，除非他們主動提起。而會主動說的一般都是考得不錯的，我們只消祝賀就好，一室歡笑、和樂融融。

如果真是很熟悉的客人，不問好像太漠不關心的話，我通常會拐個彎來引導答案：「要上高中（大學）囉，當新鮮人的感覺很酷吧？以後要怎麼去學校？會很遠嗎？」通常他們就會說出考上的學校，既沒有直接的脅迫感，場面也不會太尷尬。重點在於不去強調「考得怎麼樣？」或是「學校的好壞」，聽在別人耳裡就會比較像是關心而不是刺探。

有時我們無心的一問，可能問過就忘了，但對被問的人來說，卻是在傷口上撕痂皮。

如果我們也不愛被問及一些莫名其妙的爛問題，千萬別把自己變成加害者，除非你有歐普拉或艾倫那等問話的功力。

否則還是謹守「少問少錯」的原則吧。

讓隱疾不再隱

自從健保署要求醫師要審視每一位病患的雲端藥歷資料後，好處是我們對於病人過往的病史與服藥相關狀況有了更清楚的了解，可以避免開出一些重複性的藥物造成過度服藥與浪費，也可以避開造成過敏的用藥，但也常常看到患者可能不欲人知的隱疾。

最多的應該是精神方面的問題，輕中度精神官能症像焦慮、恐慌或強迫症，也有情緒障礙的像憂鬱或躁鬱症，更嚴重的則是精神分裂或妄想症，這些有的其實不必看藥歷，光是看他們的外表或從簡單的對話，就可以感覺得出來他們是有點異狀的。

對於這類病人，用字遣詞我都是小心再小心，盡量避免太強烈或刺激的動作或語氣，以免引起不必要的困擾。

另有一類是身體的重大疾病，像癌症。每每看到很年輕的患者居然罹癌，我都會心頭一震，他們或許剛知道訊息，或許正經歷治療的艱苦，或許已從深淵走出來了，但我想他們不會太樂意跟人家聊這樣的心路歷程，所以如非必要，我也不會談及這個問題。有時候過於主動的關心帶給別人的未必是溫暖，反而是冒犯的壓力，除非病人自己願意傾訴。

也因如此，才發現現在罹癌的人實在很多，絕對不是上了年紀的人的專利。訝異之餘，也更關心自己及家人的健康。

再來就是病人絕難啟齒的疾病，像痔瘡、泌尿道感染、性病等。起初我對感染性病的患者多少存有一點鄙夷的心，總覺得他們性生活必定不單純，而且會不自主地想跟他們保持一點距離，雖然明知這根本沒有意義，除非有口腔皰疹的症狀出現。

後來助理跟我說，我的想法也不盡公平，因為有的人可能是被另一半傳染的。自己很潔身自愛，只因另一半在外亂來，就遭池魚之殃，他們也很無辜。說得也對，自己很注意交通安全並不能保證一定不會發生車禍，這世界很多事無法單從表面去判斷對錯，也無法要求絕對的公平，我又何必強加自己的憑空想像？

雖然健保卡還沒有將愛滋病列入必須註記的疾病項目，但我們確實已從雲端藥歷資料中讀出兩位感染愛滋的病人。當助理偷偷告訴我病人的狀況時，我真是倒抽了一口氣，雖然明知按官方統計數字來看，我們的病人中絕對有些人是愛滋患者，但當第一次很肯定的出現在自己眼前時，還是有如臨大敵的震撼。

雖然我完全沒有表現出來。

該做的防護措施都做了，我還是把他當作一般人來治療，但他似乎也很緊張，會不會是怕我已經看出他的祕密？我們像在上演交相賊的諜對諜，不時偷瞄一下對方的眼神，他不想被當成怪物，我不想他覺得自己被歧視，我們其實擔心的是同一件事，但誰也不能把事情戳破。

這股詭譎的氣流一直持續到他離開診所，我才鬆了一口氣，他應該也鬆了口氣吧？我想。

疾病雖然是個人隱私，但適時地讓醫師知道過往病史其實是讓醫病雙方都能更放心、更安全地進行醫療的必要之惡。我不敢說絕對沒有因此造成歧視或被拒的可能，畢竟醫護人員也是人，也會有個人的好惡與情緒，但整體來看，仍是利多於弊。

要讓隱疾不再隱，可能還有漫漫長路要走。

關於人和

「人和」向來是牙醫師很需要擁有的一項利器，這裡的人和可不單指醫師與病人之間，也包含了我們跟周遭所有的人之間。

我們業界曾鬧出這麼一則新聞：一名牙醫師當著送信當事人（也正是另一名牙醫師）的面，將署名給他的存證信函撕毀，引來送信當事人不滿而決定報警，最後還遭警方依毀損罪現行犯逮捕送辦。被逮的牙醫師大嘆無奈，信本來就要給他的，他撕掉自己的信，犯了什麼罪？

事件中這兩個牙醫師原本是主雇關係，後來受雇者離開自立門戶，這原本也沒什麼，但他居然把開業地點選在前東家的斜對面，這下可惹惱了前老闆，也因此結下了梁子。雙方發生多次衝突，鬧得很不愉快。

看在我這個曾經受雇於人，也已經自立門戶的過來人眼裡，確實有些不可思議。

我想，這兩位醫師在共事的時光裡，相處應該就曾出現嫌隙。本來在我們這行中，受雇於別人診所通常是自立門戶的跳板，大部分的牙醫師最終的目標，還是擁有一間自己的診所，自己開業當老闆。應該只有極少數人會立志永遠當別人的夥計、寄人籬下。

受雇於人，少不了要仰人鼻息，看東家臉色。尤其是當自己的理念與老闆不合時，想出走的信念就會猶如黃蜂萬頭鑽動，搔得人心癢難耐、日夜掙扎。

既然離開是遲早的事，如何結束賓主關係就是門大學問。如果能好聚好散、一團和氣，是再好不過的結局。但若雙方已有嫌隙，站在共事不成，怎麼說也還是同行的立場，不妨握個手互道珍重，畢竟地球是圓的，誰知道將來會不會再次碰頭？

人情留一線，日後好相見。

事件裡這個另起爐灶的牙醫師不算資淺了，不該不明白這個道理。他竟選在舊東家斜對面開新診所，擺明了要跟前老闆對槓搶生意，挑釁的意味太濃厚，任誰都不會開心。

我想起以前在某家醫院服務時的一段往事，有個學長立志要走口腔外科，拼命力求表現，本以為新年度的開始，他就要榮升口腔外科總醫師，沒想到人事命令一布達，卻完全事與願違。

他的失望全寫在臉上，沒人看不出來。

我們還在想要如何安慰他的同時，他卻火速提出了辭呈，想必是對高層的決議所做的抗議。他的決定雖讓我們錯愕與惋惜，不過事已至此，我們也明白大概沒有轉圜的餘地了。

送舊餐會那天，原本氣氛還挺熱絡，我們笑著問這個學長新工作的動向，一點也沒有異樣。沒想到酒過三巡，學長卻開始變調，滿臉通紅的他，不但話多了起來，嗓門也大了幾分。

他拿著酒杯，晃著身子就向主治醫師那桌走去，說是要敬酒，我們卻隱隱感到不安。果不其然，不到一分鐘，遙遙相對的那桌就傳來學長的怒吼：「為什麼這樣對我……為什麼讓我走得這麼難堪？」

我們眼見出了狀況，趕緊過去把他架回來。他顯然是醉了，唯有醉，才讓他發洩了最真實的內心不滿。

那頓餐會我們提前離開，先送涕淚縱橫的學長回家，對當事人而言，這絕對不是一個值得回憶的句點。後來這位學長轉進其他醫院，有了相當不錯的發展，多年後我在某次學術演講會上看到他擔任主講人，風采翩翩、自信不凡，早非當日書空咄咄的他，而現在我們在臉書上更是互動頻繁。

我聽說他其實滿後悔那天的酒後失態，事後還是向幾位主治醫師道歉，現在還回去當兼任主治醫師，也算是個好的收場。

雖說「合則聚、不合則散」，但不合還是心平氣和、與人為和。合與和看似相近，其實不同；即使衝突，還是可以共存不悖。

關於人和，你可有體悟？

當機的腦袋

午後的散步，與一個錯身而過的中年男子目光交接。只有一秒，喔不，應該連零點一秒都不到，我的腦中似乎有個雷達嗶嗶響起——這個面孔感覺曾經看過。

曾經看過，卻完全想不起來在哪兒看過，在何時看過？我忍不住回頭看了一下，企圖多找一些線索，但除了略顯發福的身影，似乎沒能再提供更多訊息，我頓時卡住了，滿腦子像一堆當機的亂碼，理不出任何頭緒。

怎麼回事？我曾自詡記憶力不錯，見過幾次面的人應該都不會忘記。以前跟老同學聚會，我總能如數家珍地把一些失聯同學的姓名輕鬆念出，他們的瞠目結舌是我「才藝表演」的成就感來源。

但曾幾何時，我這項才藝卻在日益退化當中，常常一個轉身，便忘了我是要去拿取什麼物品。早上想著回家要整理什麼資料，回到家卻忘得一乾二淨。出門前想著要去採買某些東西，到現場時卻總是遺漏了一兩樣。有時候靈光乍現想到不錯的寫作題材，等到坐在電腦前準備動手時，腦袋竟完全喚不起那道「靈光」。

這些失誤，讓我陷入微怒與懊惱的情緒中。雖然不是大錯，卻常常延遲了原本計畫的步調；或許無傷大雅，卻必須花加倍的時間精神來補救。

我對自己生氣，氣自己怎麼沒法堅守這塊曾經自豪的城池，怎麼也像他人一樣被迫承認身體機能的逐漸退化？老天爺一定是看我過度疏懶，白白糟蹋大腦的記憶體，所以決定收回一些以示懲戒。

這對我而言是很大的處罰，比被搶走一些財物還要嚴重，財物被奪走還有可能再賺回，但記憶的能力一旦開始流失，就像一只壞掉的水壺，只能任水一點一滴地滲出，直至枯竭。

而且，我相信每一個寫作的人，都自恃有超乎常人的記憶，這樣他們寫作時，才能隨時從腦中取出任何有用的素材。這有點像一個大廚做菜時，可以不假思索地從冰箱裡拿出他要的食材，完成一道道佳餚美饌。要不是現在網路太發達，想找任何資料只要敲幾個鍵盤再點幾下滑鼠即可，我想我的寫作壽命應該在不久的未來就會畫下句點。

而這些，在我二十郎噹時是完全想像不到的，就像我現在若要告訴未滿而立之年的年輕人，他們也一定很難感同身受。

年輕的時候，我可以只花一個晚上念完歷史課本的段考範圍，然後拿到滿分的成績；我可以不看聯絡簿就完成所有該完成的功課；我可以不靠通訊錄背出所有好朋友的電話與生日；可以聽兩遍就記得所有喜歡流行歌的歌詞。

我必須承認，以上所說的我現在可能都無法達成。歲月催人老，在此得到一項佐證。

開業十五年了，我看著很多當年精神矍鑠的長者，一個個逐漸萎弱、病痛、甚至失智，如果不是親眼所見，我很難相信這會在短短幾年之間發生。正如我聽到小時候很愛的一個廣播人李季準先生失智的消息，他那迷人的低沉嗓音，曾陪伴多少人度過挑燈苦讀的孤夜，我想很多當年的聽眾一定如我一般感到唏噓。

我除了驚訝，其實也隱隱擔心，擔心自己年老時也走上相同的道路，雖然我知道擔心無用，該來的還是會來。

自己遺忘了所有事或許並不可怕，反正到時也已經不知害怕為何物，但是會苦了照顧我的人，因為他們才是最疲累、受挫感最重的人。如果可以，我還真希望在自己意識到失智發生時就告別人間，才不會折磨了旁人。

你或許笑我想太多，記憶力的減退不必然能與將來的失智畫上等號。但人不可以沒有危機意識，在壽命延長的時代，活得越久，失智的機率就越高已是不爭的事實。如果未來沒有更有效的藥物對抗它，這也會是很多人的惡夢。

我曾讀過一篇文章，內容是國內治療失智症的權威劉秀枝教授寫她的親人也罹患初期失智症的心路歷程，文末她提出了十五項能讓大腦變年輕的生活型態，我很願意拾人牙慧地在此分享：

一、細嚼慢嚥　　二、曬太陽

三、列清單　　四、吃早餐

五、開車繫安全帶，騎車戴安全帽　　六、常做家事

七、多喝水
八、跟人笑著打招呼
九、每週走一條新路
十、健走
十一、深呼吸
十二、看電視少於一小時
十三、補充葉酸和維生素B_{12}
十四、吃香喝辣（咖哩）
十五、每天都要用牙線

如果做到這些事就能避免失智的命運，我真的認為一點都不難。

當我想把視線收回時，沒想到那位中年男子也回頭看了我一眼，是不是他也覺得我面善？我不知道。只能禮貌性地點個頭，頂著我當機的腦袋繼續散步。

一張罰單的啟示

想靠「檢舉獎金」來賺錢的人越來越多，這代表的是什麼含意呢？

不久之前我收到一張交通罰單，向來遵守交通規則的我當然很是詫異，趕緊打開一看，紅單上寫著：此為民眾檢舉案件，違規事實是轉彎未依規定使用方向燈，信封內還附了幾張照片，很顯然是我後方那台車的行車記錄器所截下的定格照片。

因為是跟著一列車左轉的，那天真的沒打方向燈，我確實犯了規，無話可說，也乖乖繳了罰款。但一股小小的報復心無由地升起：我招誰惹誰了？幹嘛這樣整我？要不我也來找其他人的碴，順便賺點小外快？

這個想法很快便被理智打敗，真是何其無聊，錯了就錯了，何須殃及他人？

但我合理懷疑那位花時間舉發我的仁兄，是不是之前也被人舉發過，所以才滿街尋找下手的獵物，一來發洩自己的不滿，二來搞不好還有獎金可領，摸蜆仔兼洗褲，一石二鳥。

老媽說我是以小人之心度人，搞不好人家真的是位「正義使者」，專門在暗中「行俠仗義」，是我自己不好，才會被人抓包。如果自己行得端坐得正，別人也無法見縫插針。

一段話說得我啞口無言。

好吧，就算我是小人之心吧，但他難道沒有更重要、更值得去展現俠義心腸的追蹤目標？只是天天在關注眼前這部車有沒有打方向燈？是不是烏賊車？有沒有違規左轉？如果他一天盯上個五部車，一個月下來所領的檢舉獎金說不定就超過一個普通上班族了，不能說不可觀，難怪有些人乾脆以此為樂，轉做檢舉達人。

也就是說，如果沒有了這個獎勵當做誘因，你覺得還會有這麼多自詡為正義感十足的人，眼睛不好好地注意路況，卻只把焦點放在前一輛車屁股上？

我想可能只剩不到一半吧，或許還高估了。

我並不是說這些人的熱心不好，畢竟社會上還是要有路見不平願意挺身相助的仁人志士，但這些人的出發點究竟是利人還是利己？是真心助人還是陷人受罰？其實很耐人尋味。

我朋友說，也有一種可能，是這人曾遇過某位沒打方向燈就硬換車道的車主，因而受到驚嚇甚或發生車禍，所以對不打方向燈的人特別嫉惡如仇，非把他們的壞習慣矯正過來不可。

如果真是這樣，我就釋懷多了，若我也有相同的經歷，想必義憤的程度也不遑多讓。這個說法猛敲了我一記，如果我也痛恨不守交通規則的人，如果我也常常在咒罵那些不好好開車，而造成不必要的生命折損的「夭壽」駕駛，那我又為何變成自己討厭的那款人？

如果那人的檢舉能警惕我以後都別忘了打方向燈，保護我避開可能的危機，那麼我不但不該埋怨他，還得謝謝他。雖然那張罰單還是繳得讓人有點心痛。

轉個彎得到的罰單，用轉個念來弭平怨念，有失有得，我選擇走過去，不留負面能量。

名字之於我

談起我的名字，我總是又恨又愛。

鮮少人知道，我曾經改過名，那是在我六歲時，所以現在長輩都還習慣喚我舊名，我就一直把舊名當做小名來用。而求學後認識我的人，當然不太可能知道我的小名，有時候碰巧聽到我父母叫我，都顯得疑惑。

我其實比較喜歡這個叫「海鴻」的舊名，當然不是因為跟響噹噹的知名企業同字顛倒之故，也不是背後有什麼了不起的典故。而是這名字顯得比較親民，不容易被唸錯。

從上學開始，我最常面對的問題就是：「呃……你最後這個字怎麼唸？」而且糟的是，不只有同學，連很多老師都不會唸。會問我怎麼唸的還算是有禮貌的，很多人就自以為是的開始亂唸了，什麼「呸」、「痞」、「皮」、「配」、「賠」、「屁」都有，能一次就唸對的大概只有國文老師。

我不得不一而再、再而三地為自己正名，「丕」這個字唸ㄆㄧ，就跟英文字母的P同音。但當這個更正的動作超過千次之後，我就放棄了。或許是懶了，或許是看開了，反正我就是不再「挑錯並改正」了，你要怎麼唸隨便你，我知道你在叫我就好。

被叫錯固然是困擾之一，最討厭的還是常被拿來取笑。因為這個名字而產生的綽號有「封皮」、「痞皮」、「豐沛」、「呸哥」、「屁屁」、「放屁」……洋洋灑灑，多半難登大雅之堂。

當別人拿我名字亂開玩笑之際，完全不會顧及我的心裡其實被亂刀割滿傷痕，尤其當時年紀小，也不懂自嘲一笑帶過，只能生氣轉身離開。我常暗暗埋怨我父親，為什麼要把我的名字改得如此滑稽，讓我成為笑柄？也不只一次決定，將來一定要再一次改變自己的名字。

年紀漸長，我開始發現自己的名字也有可愛的地方。

大考結束，準備看榜單時（本人念書時還沒有電腦查榜服務，必須到學校外牆人擠人看放榜，或是從報紙密麻如蟻的小字追尋自己的名字），我只要看最後一個字就可以很容易找到自己，因為全國絕無第二個人跟我同名。

這時我真的很慶幸自己的名字沒有榮登「菜市場名」排行榜，完全不必擔心有同名之累。

再者由於自己的名字特殊，許多曾經共學的同窗、共事的同儕、共役的同袍都對我有較深的印象。臉書裡常有我早已記憶模糊的人來找我相認，完全不勞我出手。有位三十年不曾聯絡的國中同學來相認後告訴我：「只有你的名字我還記得，其他人早就忘光光了。」

這麼說來，我還真要感謝這個特殊的名字。

開始寫作後，我一度對是否要取個筆名感到掙扎，幾經考慮後還是選擇使用本名。作者該拿出來的重點應該是文章本身，跟使用什麼名字實在沒有任何關係。如果取了個筆劃好的筆名，就能讓自己文思泉湧、下筆如神，那我一定馬上改，但沒人可以告訴我這是肯定的答案。

決定出書後，出版社編輯也認為我用本名比較好，有個特殊的名字有時可以幫忙加點分，因為讀者比較容易記得住。有了編輯的支持，我更是不願取筆名了，否則若寫專業書籍還要再改回原名也是件麻煩的事，本人最討厭麻煩與複雜，還是從一而終、一名到底吧。

接受自己的名字，也能被開得起名字的玩笑，是一個人自信的開始。

我越來越覺得擁有一個不容易被唸對，又讓人印象深刻的名字是件好玩的事了。

你也有個常被唸錯或被開玩笑的名字嗎？學我一樣輕鬆看待，那可是我們贏得注目的先機，何須自卑沮喪。

你能隨遇而安嗎？

我一直很羨慕那種，擁有隨遇而安性格的人。

病人裡有個三十出頭的年輕人，是我目前遇過「旅職」最多國家的人，因為工作的需要，他常常被派駐到不同國家的分公司工作，一待少則三個月，多則長達一年甚至更久，所以每次回來看牙或洗牙，我總要再問一次：「你這回是從哪個地方回來的？」

這些年來，他的答案至少有六、七個，從大陸、日本、越南到捷克、瑞士等不一而足。在這些不同的國家工作，除了有語言溝通的難題要克服，還要適應當地的氣候、食物與風土民情，這可不像我們出國旅遊一個禮拜就回家那樣簡單，如果沒有十足的耐力、包容力與隨遇而安的彈性，根本沒辦法捧這樣的飯碗。

仔細觀察他，總是笑容滿面、活力充沛又風趣健談，這樣的人原本就比較樂於接受挑戰。問他會不會很難適應不同國家的生活方式？他回答的也很乾脆：「不會啊，我是射手座的，可能天性就愛到處跑吧。」

當然不會只是星座的緣故，我心知肚明。

我也喜歡旅行，這些年來也去過一些國家，不管能不能融入當地的生活，共同的感覺都是：啊，這樣的日子一、兩個禮拜也就夠了，再多就開始膩了，也會開始想家、想自己熟悉的食物。以我這樣的個性，是絕對無法去做像我這位病人那樣的工作，而且，有了年紀之後，對不同環境的適應能力有明顯下降的趨勢，不像年輕時那樣容易接受新的事物或食物。

記得有一次到埃及旅遊，同團者幾乎都是五、六十歲的大哥大姊，大家在吃了幾天的「異國風味餐」後，個個面帶土色，只好拜託導遊帶我們去大賣場買些乾糧補給，否則大家可能無法繼續行程。我則因為早有心理準備，行李中總會塞幾包泡麵以備不時之需，幫我撐過好幾個消夜時光。

當時就有團員說：才這幾天就這麼難捱，如果再多待幾天一定會瘋掉，回台灣後第一件事就是要趕緊去吃碗魯肉飯或大腸麵線。一席話引來大夥兒一陣笑聲，但我相信很多人一定都跟我一樣在心裡連聲附和。

而這幾年來旅遊行腳的節目一直深受大眾歡迎，有時候隨著主持人的腳步到一些陌生的國度探索，其實也能體會很多苦樂交織的況味。像歐洲國家普遍都有的物價昂貴、旅館房間小而簡約、上個公廁也要付費及商家早早打烊無處可逛的問題，其實這些對我來說還不會太困擾，但當他們介紹到某些國家的食物不但所費不貲，還真是難以下嚥時，我都會深深慶幸還好我住在美麗寶島，不必這樣虐待自己的胃。

像我這麼不容易隨遇而安的人，要達到無入而不自得的境界，還真難。

不過這輩子需要我隨遇而安的機會說實在的也並不多，大概只有服兵役的那段時間，既然逃無可逃，只好奉行「放下布袋，何等自在」的哲學。在一個動不動就腥風血雨的部隊裡，經歷過太多光怪陸離的奇遇，最終能夠安然而退，多少要歸功於我對自己的催眠吧？

沒錯，就是對自己的催眠。隨遇而安不也是一種對自己的催眠？透過不斷告訴自己：「既來之，則安之。」讓自己不被背景裡的稜稜角角困擾到夜不成寐就能達到，但真不是人人都有這個本事。

你呢？總能隨遇而安嗎？

因為痛，才感覺存在

經歷了疼痛難當的肩痛，除了意識到自己已不再年輕，也深刻體會如果沒有了健康，什麼都是虛無的。

朋友笑我得了五十肩。我雖未滿五十，這肩痛卻來勢洶洶，剛開始只是平舉的手會突然軟掉墜下，後來演變成上抬至四十五度角時便一陣刺痛，再後來是睡夢中不斷被翻身時的痛楚喚醒，最嚴重的時候，連穿褲子這樣簡單的動作都是懲罰，根本無法躺下，更遑論入睡。

這期間，我看遍中西醫，貼布、打針、推拿、針灸、熱敷、復健、平甩功樣樣都來，連關節注射自體高濃度血小板我也嘗試了，疼痛就是不見改善。這種看似不致命的病痛，卻最能打擊人心，因為如影隨形，時時刻刻都在提醒著你它的存在。

臉書上的朋友看見我不時的唉嘆，也紛紛提供各式私房良方，我才知道那麼多朋友曾有同樣的困擾，只是他們的方法在我身上似乎並沒有收相同之效，或是緩解數日就又故態復萌，令我不勝其擾。

它深深影響了我的工作與生活，睡眠品質奇差，精神當然也不佳。最可怕的是夜深人靜時，一股莫名的恐懼竟會欺上身來：「這痛是不是不會好了？我難道就要一輩子跟它糾纏下去，至死方休了？」越想越害怕，只得趕緊起身找件別的事來做，轉移一下注意力。

後來我發現，那可能就是恐慌症的前兆。

以前對我來說毫不相干的一個病症名詞，現在突然近距離照面，若不是有所警覺，難保我不會成為下一個恐慌症患者。由此可知，身體與心理的相互影響有多深遠，難怪久病會厭世，不是沒有道理。

絕望的時候，連求神拜佛也會變成一線希望，我還真的聽從朋友的建議去城隍廟拜拜懺悔，但不知是否罪孽過於深重，城隍爺並沒有解開我的桎梏。還有個高中同學告訴我他的奇特經歷，說他也曾受相同的肩痛折磨，有天晚上夢到一慈祥老者登門拜訪，將他倒吊並施以運功，結果隔天他的陳年痼疾竟不藥而癒，言之鑿鑿，讓我也超想夢到這樣的貴人，只可惜福分不足，無緣夢見。

不能說全是急病亂投醫，只是人在病耗時，任何可以抓住的機會都不想放過，哪怕只是一根稻草。稻草也有稻草的用處，就算醫不好身體的病痛，也可能有幾分撫慰心靈的效用，只要不是有損身體，我都還是願意一試。

老爸老媽看在眼裡，雖是同情，卻也愛莫能助。其實他們也都有過同樣的經歷，當年的痛如今說起來雲淡風輕，他們說後來怎麼好的其實也不太記得，反正一段時間之後自己就慢慢好了。聽起來挺神奇的，但一段時間是多長呢？

「不知道，可能是好幾個月吧？」

幾個月？可是我都痛了快一年了耶，如果不是他們記憶有誤，就是我的問題比他們嚴重得多。不過我相信他們，就當時間是一帖慢藥，就算再慢，慢如抽絲，也終有絲盡病去之時，我需要的是耐心。

痛了經年，目前看來還得持續。有個前輩說：「急性發作時就去打一針紓緩疼痛，平常時則多注意姿勢及保養。」這大概也是比較務實的作法吧，既然要長期抗戰了，也不能只是枯坐聽天由命。

與痛共存，往好處想，有痛，才感覺到存在吧。

送書哲學

每回有新朋友得知我是個業餘作家，常會提出一個令我有些困擾又尷尬的要求：「能不能送我一本書啊？我一定好好拜讀……」

我想這一定也是很多寫作同業們常會碰到的情境，我不知道其他人都作何反應，但這樣的要求對我而言是有些唐突而無禮的，甚至，我會覺得他並不尊重我，不尊重我的心血結晶。

而我相信這樣的人也通常不太愛花錢買書。

他們可能會認為，一本書又沒多少錢，送我一本應該不為過吧？他們沒想到的是，第一，很多人以為作家一定有很多免費的書可拿，其實出版社不是我開的，我要自己的書，一樣得花錢買。如果每個朋友都跟我要書，恐怕花掉所有的版稅都不夠送，那我還出書幹嘛？

第二，跟我要求送書的，常常是沒那麼熟的朋友，既然不是太熟，何來的自信認為我必須送書來討好他呢？如果認為我是個值得多認識一些的傢伙，自己去買本書應該更有誠意；如果覺得我不過爾爾，那也不必浪費時間在我的作品上了，不如去做點更有意義的事。

第三，任何創作者的作品都是一種智慧財，是人家花了時間、耗了精力才完成的，其中的過程有許多不足為外人道的艱辛。我們能給予創作者的最大鼓勵，就是購買他們的作品來讓他們有繼續前進的動能，要人家無條件奉送等於是直接否定了他們的苦心孤詣，完全輕視他們的才華。就好像在告訴他們：「呃……你這作品也沒什麼嘛，何必這麼小氣？」這是莫大的侮辱。

第四，送與不送之間，很容易陷作者於不義：「咦，你怎麼只送×××不送我，是不是看不起我？」或是：「那個×××都收到你的書，我跟你的交情難道還不如他？」

請相信我，作家從不用送書與否來衡量交情深淺，有時僅是工作需要，請不要拿這個問題來自擾擾人。而只送甲卻不送乙，也很容易因此得罪人，為了不把一票朋友得罪光，當然是通通不要送。

第五，有的人以為自己得到過一次贈書，就彷彿得到終身通行證，以後再出書時，他竟會大言不慚地說：「既然上次都送了，就不差這一次了，再送我一本新書吧！」哇，好大的口氣呀，我是欠你的嗎？遇到這種的我都會假裝沒聽見，轉身慢慢離開。

最後一點，基於不想觸賭性堅強的朋友的霉頭，我覺得最好不要隨便送人書。書、輸同音，有誰喜歡輸呢？萬一送了書造成某人輸了錢，他豈不要怨我的書帶衰了他？為了不讓我的書莫名地成為代罪羔羊，當然不應該隨便送出手。

其實，我並不是都不主動送書，有些人我一定得送。像幫我的書撰寫推薦序的前輩、師長或好友，我絕對都在第一時間把書送給他們，因為多虧了他們的推薦，讓我的書更添了幾分可讀性，為了報答他們的一臂之力，送書是最基本的禮節。

再來是提攜過我的人，像我的指導教授、從前合作過的編輯，吃果子拜樹頭，別說我老套，我很信這一套。

而一些每次都幫我做足宣傳的媒體界朋友、廣播主持人，我當然也必須寄送新書，再怎麼說自己是請託的一方，沒道理不送書。除了以上這些人，其他都不在贈書名單中。

所以，若你有個作家朋友，請不要再用這個要求困擾他了，除非你不想繼續跟他當朋友。

悔恨的開關

偶爾看見新聞裡出現有母親為了工作而將孩子託給友人或親戚照顧，沒想到孩童卻遭虐死的新聞。大家看了當然會覺得凶手泯滅人性，也覺得這個母親實在太不稱職、所託非人。

我記得我媽曾說過一個故事。

三十多年前我們有個老鄰居，某天因為臨時有事要處理，於是把自己三歲大的小男孩託給她最要好的姊妹淘照顧，這個好姊妹也很疼小男孩，平常總是買玩具零食給男童玩，小男孩的母親想說交給這麼一個疼愛自己孩子的阿姨，一定是妥當的，沒想到還是發生了悲劇。

時近中午，這個阿姨準備去煮午餐來餵小男童，所以放孩子一人在房間玩玩具，煮到一半，突然有人來狂按電鈴，她趕忙出來應門：

「誰啊？這麼急……」

「小姐，妳們家的小孩從窗戶掉下來了，妳趕快下來啊！」

她一聽心都涼了，把瓦斯爐一關直接衝下樓，好友的小孩已經躺在血泊中一動也不動了，她倉皇哭叫孩子的小名，完全六神無主，鄰居幫忙叫了救護車，孩子送到醫院時已經失血過多斷了氣。

當年根本沒有手機，等聯絡到孩子父母時已經是幾個小時後的事，父母趕到醫院只見到一具冰冷的遺體，跟不斷啜泣的好友。媽媽當場腿一軟就癱在地上，這孩子是他們夫妻盼了好久才得到的。三歲，才相伴三年就緣盡，叫他們怎能接受？

自責不已的好姊妹不斷地哭求原諒，說自己絕對不是故意的，她真的沒想到小男孩會爬上窗台還拉開紗窗，早知道她應該帶孩子出去外面吃才對。哭斷腸的媽媽推開她，只是一味地哭喊：「還我孩子來，還我的心肝寶貝來……」

如果是你，你會如何面對這麼殘酷的情境？是從此恩斷義絕，不再往來？是堅不和解，索求賠償？還是選擇原諒，繼續友誼？

每一個人的選擇都不同，也沒有絕對的對錯，當面臨人性大考驗時，我們只能挑一條讓自己勉強過得去的路來走，就算走得極度艱辛。在人生的座標上，我們不可能永遠挑第一象限來走，不管正向或負向，都是人生的常態，不是小心與否的問題。

故事中痛失孩子的媽媽最後雖然還是跟好姊妹和解，讓她免於牢獄之災，但事後選擇不再主動聯絡，畢竟那是一見面就會揭一次傷疤的痛。

那位受託的女子心裡的傷痕其實也不亞於這個媽媽，如果不是出於好心，她也沒必要幫忙看顧小孩而惹上這樣一場麻煩。

這裡面沒有一個壞人，沒有人想故意傷害對方，但傷害就是造成了，而且是無法挽回的創傷。

午夜夢迴，或許男童的媽媽會想：如果那天我帶孩子一起去辦事情就好了，或是我託給其他人就不會發生不幸的事了。那位姊妹淘必定也想過：我要是把窗戶鎖扣上該多好，要不然帶他去買便當也好啊。雖然這些想法已無任何意義，但就是會不斷從腦中迸出來。

如果後悔是一種代償作用，能讓自己減少一點痛苦或罪惡感，何妨盡情耽溺，但很可惜並不是，回到現實世界，一切並沒改變，只會讓自己停滯不前。

悔恨的消失，開關不在上帝手上，不在別人身上，在於自己放不放得過自己。

失控的教授

有時候再理性的人也會突然地失控，像電器突然短路，或是電腦突然當機。

某天在新聞裡看到一名腳踏車騎士因不滿被計程車鳴喇叭，居然掉頭不斷衝撞計程車，過程全被行車記錄器拍下。看到影片時我就在想：拍得如此清楚，一定很快就被肉搜出來了。果不其然，隔天新聞就揭露了騎士的身分，還是位台師大的教授。

更教我吃驚的是，看了名字才發現，他居然是我的病人。

事情發生的前一週，他的太太還來看過牙，我居然沒在第一時間認出他。雖然之前並不知道他是名教授，但從談吐看來，也絕非泛泛之輩，會突然因此上了電視，當然令我意外。

比狗鼻子還靈的記者很快就找到這個教授的行蹤，企圖問出事件原委，沒想到鏡頭前的他卻又再度上演了一場爆衝戲碼，跑給記者追，完全沒有教授該有的風範與沉穩。我看了真是替他捏把冷汗，因為這一連串不成熟的舉措，除了有失他身為教授的格調，更將讓他與他的家人陷入極度困窘的局面。

不死心的記者隔天就到學校堵他，想當然爾地撲了個空，為了避鋒頭，教授臨時請假了，學生成了被訪問的對象。學生被問及老師的為人，答案跟我的印象差不多，就是個很客氣的人，他們也很難理解教授為何如此失控。

他自己可以請幾天假躲開討厭的關注，但他的家人呢？想必認識他們的人也都從媒體知道這件事了，他的妻子要如何面對同事的詢問？他的孩子要如何面對老師同學的異樣眼光？他的父母要如何面對街坊鄰居的指指點點跟一堆親戚朋友的疲勞轟炸？

總不能叫他們也都通通躲在家裡，不要出來見人吧？

我想這時候他的家人們必定也很氣他的失控，讓他們跟著受了池魚之殃，雖然事情終會漸漸淡化，雖然交相指責並無助益，但一段時間的劍拔弩張可能在所難免。

我比較好奇的是，這麼一位看來彬彬有禮形象溫文的大學教授，怎麼會僅是被按了幾聲喇叭就整個大失控？我不禁想問：你們會不會？我自己會不會？

我可以不假思索的說：我一定不會。第一，我比較怕死，騎腳踏車去撞計程車，可能尚未洩憤先賠上性命。第二，還是怕死，手無寸鐵的我要是遇上車內隨時備有球棒或開山刀的兇猛司機，無異以卵擊石。第三，現在車車皆有行車記錄器，要被找出來實在是易如反掌，我並不想以這種方式變成網路紅人。所以我應該只會很孬地在背後咒罵那司機幾聲，然後繼續悠哉地騎我的單車。

理性的人之所以突然失控，必定是有某些事情讓他的理性暫時消失，所以從教授變成了野獸。可能那天他剛跟別人吵了架，可能孩子剛好頂撞了他，可能學校裡碰巧發生了不愉快的事，可能某一筆投資正蒙受重大虧損……。他出來騎車吹吹風、透透氣，卻偏有不上道的計程車也要來參一腳，成了壓垮理智的最後一根稻草。

理性的人一旦失去理智，所作所為可能是常人難以想像。

不久之後，助理跟我說她又看到這位教授上電視評論時政，這表示他已走出這個風暴回歸正軌。我想這是面對現實的必然抉擇，雖然他一定知道那些背後的竊竊耳語與譏訕還在持續，但他故意別過頭去假裝沒聽見，選擇性的與世隔絕。

這給我上了一課，你呢？

驚多於喜的重逢

一個忙碌的午後，助理接到一通自稱是我高中老師的電話，因我正在看診，助理留下對方姓名及號碼說我稍後會回電便收線。忙完後我看到訊息，確定是我老師的名字，還在猶豫要不要回撥時，電話就又打進來了。

「峰丕，我是蔡老師。」憑著我對聲音的敏銳度，有九成確定是他。「現在方便說話嗎？」

「老師好，好久不見，怎會打電話給我？」

「說實在的，要跟你開這個口我自知很冒昧，但我真的已經想盡各種方法了才會出此下策，現在真是陷入一個窘境，不知你能否幫我度過這個難關？」

高中畢業後未曾再見的高三導師兼國文老師，疾疾打電話來（應該還是從網上搜尋過我的診所）的目的，竟是要我幫忙度過難關，而且很明顯是個錢關，這真是本世紀以來我遇過最怪異的一件事了。

他在電話裡交代了事情的始末，他的姊姊嫁給一個外省老兵，是老夫少妻，兩人育有一子，姊夫早逝，姊姊獨立扶養孩子。幾年後姊姊也因癌症離開人世，孩子因此託孤給他，他因未婚，乾脆把這個外甥當成自己的兒子來照顧，沒想到外甥長大以後卻惹了一堆麻煩、四處欠錢，債主紛紛找上他，從他身為某大學人文學院院長起，就一直在幫外甥收拾爛攤子，院長、教授的待遇雖不低，卻泰半都拿去幫外甥還債，略顯拮据卻也還過得去。

最近他外甥與人有一場交通糾紛，等到了警局處理時，赫然被員警發現他外甥是通緝犯，因為有個債主告他詐欺，他自己竟全然不知。老師趕到警局了解，債主也來了，堅持必須在通牒期限內還出部分款項，否則不撤告。但金額實在過於龐大，不是一時可以拿得出來的錢，不得已之下只好四處求人幫忙，為了不在任職的學校引起風言風語，他沒向同事調頭寸，轉而向昔日的朋友或學生求助，才因此找到我。

「希望你念在師生一場幫我這個忙，也當是救一個年輕人。」

聽到這番說詞，我已冷汗直流，最不想跟人有金錢瓜葛的我，遇上開口借貸的老師，我無法狠心地拒絕，只能跟他說我能力也有限，不可能出借大筆數額。

他開口借了十萬，是一個剛好能容忍的底限，我沒思考太久就答應了。他問我會不會認為這是一場詐騙？我說因為是老師打來的，可能性不高，他為了取信於我，堅持要當面取款，讓我確認是他無誤。

當晚下班後，我就趕赴相約地點，在很詭譎的氛圍下，我把信封交給了二十八年未聯絡的老師。雖然燈光昏暗，我還是認得出他，已不復當年挺拔風發，畢竟是花甲之年的長者了。他是騎鐵馬來的，應該等了有一會兒，我直言告訴他：「這樣的重逢真是驚嚇多於驚喜。」但我選擇相信他，也希望這錢是幫真忙的錢。

他理所當然地感謝了我，稱揚我的慈悲，但語調中的老練與隱隱油味，卻讓我完全無法把他跟二十八年前在課堂上勤誠勤懇教學的那位老師連結起來。完全沒提何時還錢的他像急著要趕赴下一個會面，整個過程不到十分鐘，離開時我甚至可以篤定這錢應該是收不回來了。看著在夜間閃閃發亮的步道路面，像是數千雙對我訕笑的眨眼，笑我下了一個勝算極低的賭注。我只是快步向前，想把身後背景拋入沉沉的夜色裡。

我能體會一個老師要放下身段向教過的學生索援會有多困難，應該也不想因此把累積多年的清譽全部摧毀，會走到這一步，絕對是沒有辦法中的辦法。我也知道這筆錢一出去，就要有拿不回的準備。錢可以當做是報答師恩，但這錢也可能會造成恩斷義絕，買到一個老師的師格。我曾經極尊重的老師，把情境推逼至此，誰說不是一種不堪？

希望這樣的不堪，一次就好。

天下有不是的父母

有位醫師朋友因被父親暴力相向而報警，事情還鬧上報紙版面。他自己事後在臉書上交代了部份故事情節，一路看下來其實還是跟金錢密不可分。一扯上錢，即使再親如父母子女，都能在瞬間變成不共戴天的仇人，如果家家有本難念的經，這位醫師的經或許未必是最難念的一本，卻也讓他灰頭土臉。

很多網友自以為是的留言都被這位醫師打臉了，真的，不是當事人、不清楚事件的來龍去脈，最好不要輕下任何判斷甚或批評。在我看過很多父母長輩對子女晚輩做出的醜惡之事後，很早就不再信奉「天下無不是的父母」這句綑綁了我們幾百年的教條。

我想當他們聽到「回家是唯一安全的路」或是「家是永遠的避風港」這樣的話時，應該充滿了不屑與憤懣。

如果可以的話，他們應該會想永遠斷絕親子關係、不再相見，但我們的法律可不允許，於是就變成又臭又長的狗血長壽劇，經年累月的無奈著。

我有一位朋友的父親，酗酒好賭又家暴（當年可沒有家暴專線可以打），每次警察或一堆黑衣惡煞來按他們家的門鈴，他就知道父親一定又闖禍了。母親懦弱又好面子，總是選擇隱忍，他多次想逃離這個宛如噩夢的家，卻又因為放不下母親而作罷。

就這樣折騰了許多年，他不斷地在幫父親擦屁股，那個名義上的父親從未拿過一毛錢養家。就在他父親突然失聯的某一天，他決定帶著母親搬離那個恐怖記憶的家，重新開啟人生。

他以為逃得夠遠了，也以為從此可以不再擔驚受怕了，事實上，他們也真的過了幾年平靜安穩的日子。他成了家，沒跟妻子說太多兒時的夢魘，直到有一天，那個不想見到的父親再度找上門，平靜的日子再起波瀾……

多年不見，那個強悍的父親老了許多，不再是之前他難以對付的狠角色，或許自知當年的失職與荒誕，說起話來低聲下氣。但當他知道父親的來意竟是想重新回歸家庭，朋友的怒氣完全失控，不等父親把話說完就直接將他轟出門外，並警告他別再來打擾。

他的妻子被這突發狀況嚇到說不出話來，而媽媽在一旁只是不斷地啜泣，他花了不少時間細說從頭，還好妻子善體人意，沒氣他隱瞞這些悲慘的過去。他知道他父親不會這樣就罷休，特別交代妻子如果他上班時父親又來騷擾，千萬別讓他爸爸進家門。後來果然如他所料，但公公畢竟是長輩，妻子見他如此潦倒落拓，還是忍不住塞了些錢給他，沒想到他父親食髓知味，居然一再來伸手。

他原本被蒙在鼓裡，直到有一次提早回家剛好撞見父親又來跟妻子要錢，他在盛怒之下動手推了父親一把，父親居然大呼救命，哭喊遭兒子遺棄，聲音大到驚擾左右鄰舍而報警。

突然間，他從一個被家暴的受害者變成棄養父親的加害者，如果不知情的人還真會以為他是個大逆不道的不肖子。遇到這種情形，就真能體會什麼叫做「百口莫辯」，做賊的喊抓賊，賊還剛好是自己的父親，傷人最重。

我想那位醫師也有相仿的感受。

一竿子不能打翻一船人，大多數的父母都是愛護子女的，但真的不能忽視那些隱藏在多數之下的幽暗悲歌，他們長期在不能言說的無奈中辛苦地爬行，不是局外人三言兩語可以置喙的。誰喜歡自揭瘡疤？但若這是求生的唯一途徑，再痛也得咬牙挺過。

若你有個幸福的家庭和慈愛的雙親，那很棒，很值得恭喜，因為真的不是每個人都這般幸運。

無心的言語霸凌

去年金曲獎上一組頒獎人猛對一名入圍者開帶有性別歧視的玩笑，讓那名歌者有點惱怒，甚至作勢離席以表抗議（雖然後來還是回到席位上）。事後那位頒獎嘉賓在輿論壓力下道歉，也取得當事人的諒宥，但這樣的情境其實天天都在我們的四周上演，殺傷力遠超過你想像。

我必須嚴肅地說，這位歌者還算幸運的，因為他特殊的嗓音已被廣泛的樂迷支持著，所以有了堅強的後盾幫他擋下很多貌似譏訕的言語霸凌。以他今日的聲望地位都還不時得為了此事而受傷、困擾、不開心，你可以想見有多少相似狀況的人，天天活在異樣眼光與嘲諷的陰暗幽谷中，被層層啃噬著。

在我國中的時候，有一位同學也有著十分中性的聲音，再加上身形瘦弱，很快就被班上某些帶著霸凌基因的同學相中，成為取笑的頭號目標。很多你能想得到的難聽字眼他都被冠過，最後，「二姊」成了被定調的官方綽號，這綽號怎麼來的我早已不復記憶，但當整個班上都以這個名字叫喚他時，不管施者或是受者，是出於自願還是被動配合，都已深深中毒，無法根治。

現在的我當然很懊悔當年也跟著那樣叫，他後來或許是已經麻痺，或許是放棄掙扎，總之，他為了生存，似乎知道這是他無力抵抗或抵抗無效的環境暴力，也只能順從。從我現在的角度看向當時的他，彷彿看到他藏在月球另一面的無奈，他或許在心底說著：「怎麼不趕快畢業？讓我永遠離開這些討厭的同學……」

當時我們班確實是有幾個惹人痛恨的惡霸，連我都常被騷擾。不過因為我的成績向來不錯，憑藉這個優勢，通常比較能獲得老師的關愛，也就成了我用來擊退外侮的籌碼。現在想想，那也像一場叢林戰，要求安身立命，我總要找到對自己有用的著力點。

但那位同學各方面的表現普普，沒有特殊表現的他就成了相對弱勢，當他需要求援時，放眼望去無人伸手，就像站在溪流中的一片小沙洲，水位暴漲時，只能等著被淹沒。還好他沒被逼到臨界點，如果真的將他推到退無可退，誰知道會發生什麼令人遺憾終生的事呢？

過了三十年，這問題顯然沒有太多進步，連堂堂的頒獎典禮上也還在上演言語霸凌的戲碼，儘管出言者可以說這是為了節目精彩度來做效果，但傷害就是傷害，就算是無心的玩笑，也已在有同樣傷口的人身上再撒了一次鹽巴。非但不覺得這個玩笑有趣，反而渾身灼熱刺痛。

還記得奧斯卡頒獎典禮上，主持人與三名亞裔小朋友一席做效果的對話橋段，引發了歧視亞裔族群的極大爭議，連李安導演都跳出來砲轟這樣的節目安排太不入流，為此主持人及主辦方都出面道歉，相形之下我們對弱勢族群的聲援與保護其實還有待加強。

既然人人平等是我們喊了這麼多年的口號，我想這就是大家必須遵守的一個公約數，你或許不能接受某些非你族類，不管是他們的膚色、長相、聲音、穿著、性向、職業、興趣……。你可以不喜歡，也沒有人逼得你一定要喜歡，但請尊重他們的存在，只要他們沒有違法犯紀、傷害別人，就讓他們好好自在生活，輕鬆做自己。同樣身為一個人，我們真的沒有優越過了誰，也不該被任何眼神言語肢體等動作歧視。
令人哀傷的是，這個目標可能還很遙遠。

做對的事更重要

某個假日心血來潮，跟父母到基隆吃新鮮的海產，也順便到鄰近的外木山海灘散步吹海風。

來泡海水浴的遊客不少，於是台灣任一風景區必有的不速之客——小攤販，又似蒼蠅聞到蜜般現了形，原本不足為奇，因為早已司空見慣；但那天我看到一台載滿麵包的小發財車也來湊熱鬧，這倒是勾起我一絲興趣。

發財車灰撲撲的，麵包沒有任何塑膠袋包裝（真是另類環保），樣式也不多，混合著風沙與海水鹹味和發財車未熄火的淡淡柴油味。我好奇的是：有誰會買這樣的麵包呢？

果不其然，我們待在那兒的時間一分一秒過去，老闆沒有得到任何的「業績」。我老爸不禁搖頭嘆道：「現在的景氣難道真的這麼差？連賣麵包都要這麼辛苦，結果還是沒生意。」

我的看法可不是如此，賣西點麵包大賺其錢的店家不是沒有，而且據我所知還不在少數，但問題是老闆的經營手法得不得要領。

這輛麵包車的主人顯然沒掌握到顧客真正想要的重點，生意要有起色當然不容易。首先，來海邊兜售麵包，這地點選的似乎就不高明；客人在游泳前後買麵包果腹的機會應該不會太高，尤其周邊還有其他像烤香腸、炸熱狗跟茶葉蛋的攤販可供選擇，麵包這款食物可能不敵其他重香味熱食的吸引力。

其次，我想愛吃麵包的人應該會希望捧在手心的是剛出爐熱暖噴香的新鮮感覺，而不是歷經風吹日曬後，冷涼乾皺失去彈性的產品吧？而且，沒有衛生及品質可言的麵包，祭出再低的價位也引不起購買者的慾望，最後那一車的麵包不是進了自己的胃就是進了廚餘桶，徒然浪費了時間與金錢。

好吃的麵包（應該說包括一切的食物）不必死命推銷，不必降價求售，顧客一樣趨之若鶩，正所謂酒香不怕巷子深。消費者的眼尖嘴挑是亙古不變的定理，經營者該捫心自問的是，如果自己都不覺得是夠水準的東西，怎麼能奢望別人掏腰包來買呢？就算有人是不知情上一次當，除了當成做慈善，你認為還有可能再來光顧第二次嗎？

這些問題很淺顯，我不認為這個老闆會不清楚，但他或許有自己的一套說辭，為他的做法尋求合理的解釋。如果他不願意改變，失敗的結果不會扭轉，生意無以為繼是可以預見的。

做對的事，比把事情做對要來得重要，做得再辛苦，如果事情不對、方向不對，別奢望能修成正果。成長的路上，我走過很多冤枉路，要不是事後回頭檢視，自己還傻傻地埋頭硬闖，闖破頭也是做白工，想想你自己，是不是也如此？

記得有個日本的節目叫〈搶救貧窮大作戰〉，生意冷清的店家，藉由求教於料理達人企圖改變自己的宿命。剛開始由於媒體炒作，生意當然大有起色，可是一段時日後主持人再度暗訪，常會發現店家故態復萌，也會遭到主持人毫不留情的批判。

所以光是知道問題還不夠，還要有足夠的決心願意改變。

做過牙齒矯正的人一定知道，如果矯正完後不聽醫師勸告長時間配戴維持器，牙齒的位置常常又會慢慢跑掉，這是個自然法則，人性也是如此。但齒列矯正可靠維持器來維持成果，我們的行為呢？誰來幫我們持之以恒？

有句話說「知識就是力量」。但知識是死的，你不理他、他不理你；沒有善加運用他，他永遠在那裡，你還是你。成功不見得都有公式可循，但一定有些緣由得以參考，只看你要不要擺脫睜眼瞎子的行列。

好心換絕情

我的助理跟我說，她的姊姊最近很苦惱，我問她為何？她說她姊姊有一層公寓出租，房客已拖欠了三個月的房租，打電話去卻又被掛電話，按電鈴總是無人應門，真不知該如何是好。

房客是一個單親媽媽，帶著一個小孩子同住，當初就是因為覺得他們很可憐，所以在同情心的驅使下，把房子以低於市價的租金租給了這對母子，沒想到三個月後繳租就出問題了。

先是延遲，要經提醒才收得到，後來索性自動延後一個月（從月初延到月底繳），再來就乾脆避不見面了。助理的姊姊覺得自己當初的好心好像被蹧蹋了，很怕請神容易送神難，為這件事傷透腦筋。

我曾看過一則駭人聽聞的報導，是房客殺房東的案件。事情是這樣的：有個男子原本在一家室內裝潢公司當夥計，因為老闆有意要收掉台灣的公司轉戰大陸市場，看這個夥計生活有點拮据，好心提供位在汐止的一間房子給這個男子及他的三名朋友同住，完全不收租金。原本遇到這樣的老闆，真該感激自己是不是前輩子燒了好香，沒想到這名夥計卻恩將仇報。

這個男子等老闆踏出國門就開始作怪，他擅自把房子再轉租出去收租金，堂而皇之的做起地下房東。當房東回國發現後，氣得當下決定收回房子，不再當冤大頭。沒想到這個男子居然「見笑轉生氣」，與其他三個友人密謀幹掉這個好心的老闆。

他們闖入老闆的家，先以繩索綑綁老闆的手腳，再用電擊棒電他，並以拆信刀插他的大腿，掠奪了七萬多元後把他丟進放滿冷水的浴缸，逼問出金融卡與信用卡的密碼。

持卡提款後他們還不放過老闆，竟以「拔河」方式將可憐的老闆勒斃，再把屍體拋棄在荒僻山區，任其腐爛到幾乎無法辨識。無辜的老闆居然被自己的好心害死，絕對不是他當初想像得到的。

由於手段太過殘忍，檢座求處死刑，法官最後則判處無期徒刑定讞。

常聽人說「世風日下，人心不古」，這個案子應可做為最佳註解。

有的人幫忙抓賊卻被誣指為共犯，有的人幫忙處理車禍傷患送醫卻被賴成是肇事者，有的學生幫忙揹行動不便的同學上下樓不慎跌倒，卻得賠償鉅額費用。有了這些惡例，會讓人對「見義勇為、熱心助人」產生踟躕不前的猶豫。

這就是爲什麼有越來越多人不願意在別人有難時雪中送炭，因為就算你不企求好心有好報，也絕不希望好心換絕情或好心給雷親吧？無怪乎有人說現在你在路上喊救人啊、搶劫啊都沒用，可能要喊失火了才會有人理你，對從小被灌輸要守望相助的我們，還真是諷刺。

後來我告訴助理，他姊姊的愛心已經發揮夠了，還是必須爭取自己的權益，不妨先到派出所去備案，請管區員警陪同前往了解狀況。若房客還是避不見面，至少在公權力的介入下開門進去，才不會有私闖民宅之嫌，若真的不得已，也只能訴諸法律，強制將住霸王屋的房客驅離了。

房客或有可憐之處，但絕不可因為自己有難處，就以逃避來回報別人曾經的援助，否則這可憐非但變得不值得同情，相形之下還顯得可憎。如果不想抱怨遭世界遺棄，在此之前必須調整自己的心態，唯有讓別人覺得愛心付出的值得，才不會讓那把火失去光與熱，讓有心助人的人充滿掙扎。

豔遇也可能充滿危機

近年來旅遊風潮盛行，旅遊書一本接一本的出，也鼓勵了許多人全世界走透透，但是逍遙的背後，其實也潛藏著不少危機。

之前聽一位文壇前輩說過一個驚悚故事。他的女性朋友在歐洲自助旅行時發生豔遇，兩人春風幾度，感覺十分美妙，離開時不經意留下彼此的e-mail後就各自揮手一方，不拖泥帶水也沒有負擔。她回台灣後深覺這趟旅行實在是賺到了，還暗自回味許久，沒想到幾天後竟然收到對方傳來的電子郵件，說他其實是愛滋帶原者！真是把她嚇掉半條命。追蹤了好久，證實沒被感染才讓她稍稍放心，但大劫不死後，她可不敢再隨便拿自己的生命開玩笑了。

有個女網友控訴，她隻身前往土耳其旅行時，在著名的景點卡帕多其亞結識一名當地男子，這名男子對她百般殷勤，讓她很快陷入情網。沒想到那個男子其實早已結婚，是個專釣異國女遊客的愛情蟑螂。她進一步與男子交往後，男子開始向她乞憐，說自己生活難以為繼，希望她能資助他。

男人要求女子匯款三十萬給他，我不知她是被灌了什麼迷湯，被愛沖昏頭的女子竟真的答應了。匯款後，才驚覺是一場騙局，這個男人一夕之間從一名租車行的員工搖身一變，自己開店當老闆，但錢到手後就開始疏離，刻意避不見面，女子人財兩失，上網將自己的受騙經驗公諸於世，以免再有人受害。

幾年前我跟團去土耳其旅遊，有一個女團員也差一點被善於調情的土耳其男人所騙。男子是帶我們這團的當地導遊，壯碩又帥氣，一雙深邃棕眼頻頻放電，很多單身的女團員都被電得暈陶陶的。其中一位女子年輕貌美，很快成了他的獵物，他常會藉故來到她身旁，問她有沒有什麼需要幫忙的地方，剛開始女孩子只以為是禮貌性詢問，慢慢地卻嗅出一些不尋常的訊息。

有天晚餐後，導遊來找這女孩，說有些土耳其資料要給她做參考，她可以到他房間拿，事後女孩跟我們說，她簡直是「逃」出他房間的。剛開始還很像那麼一回事，她接過資料後，男子就問她要不要喝杯紅酒？她不好意思拒絕，勉強點頭接過酒杯，接著他就流露出一種迷濛的眼神，說自己心情不太好。女孩問他為什麼？他說今天是他的生日，卻還在外工作，沒人幫他慶生。

女孩禮貌性的說聲生日快樂，他竟說：「妳能不能當我女朋友？」她大吃一驚，回答他說：「我只是來玩的，過幾天就回台灣了，怎麼可能當你的女友？」導遊回說：「沒關係啊，我可以常去台灣找妳。」女孩覺得太荒謬，笑著搖頭，他愁容滿面的走向她說：「要不然妳給我一個擁抱當成生日禮物吧！」說著就一把將她摟住，根本來不及反應的她就像一隻被攫住的小雞。

她原想這或許是土耳其式的禮貌，就順勢拍拍他的肩膀，沒想到他竟把嘴湊上她的唇，還伸出舌頭！她嚇得大聲喊叫，使盡吃奶力氣掙扎地推開他，罵他是個壞蛋就轉身跑出他的房間。

我們聽得目瞪口呆，慶幸她還算是全身而退，問她要不要提出控訴？她說不想把事情鬧大，避開他就是了。厲害的是，那個導遊隔天居然像是什麼事都沒發生過般，跟其他團員談笑自若、繼續放電。他們有他們的文化，可能以為對方答應被邀入自己房間，就表示願意有進一步的親密接觸……

很多人對旅行中的艷遇充滿綺夢，但真的未必都如電影或想像中那般完美，有時候，事後說自己被騙，其實自己也該負一半責任，一個巴掌呼不響，若不是自己也透露出願意的訊息，對方未必容易見縫插針。

如果不想事後後悔，一開始就該堅持當絕緣體的底限，想偷吃的人可不能燙到嘴才埋怨。

親情無價？

任何事只要扯上了錢，簡單也變得複雜，感情全都變了調。

曾有則社會新聞是，有對結婚多年的夫妻，原本跟夫家關係還不錯，去年因為經濟不景氣，先生的工作突然沒了，夫妻兩人於是計畫自己創業做小生意。但兩人積蓄並不多，需要百萬週轉金，妻子於是叫丈夫回夫家調頭寸，沒想到夫家上自婆婆，下至小叔、小姑，沒有一個人願意金援，丈夫只能無功而返。

這個太太知道之後，滿肚子怨氣，她想好歹這幾年來他們也一直都有拿錢給夫家，為什麼現在他們有急用，夫家居然這麼冷漠無情？越想越火的她，跟丈夫嗆聲說，既然夫家這麼絕情，以後兩家不必再往來，也不用再每個月拿錢回家了！丈夫雖然好言相勸，但強勢的老婆還是態度堅決。

丈夫是個孝順的孩子，雖然老婆這麼說，但他其實還是按月拿錢回去給母親家用，沒想到半年後就被妻子發現了。舊恨未消，現在又添了新仇，她氣得七竅生煙，要丈夫馬上去把錢討回來。

丈夫很掙扎，夾在老母和妻子之間，兩邊難做人，妻子見老公態度軟弱，知道老公一定開不了口，乾脆自己拉著先生回夫家討公道。一進夫家大門，妻子就扯開嗓門破口大罵，生氣沒好話，她什麼難聽的字眼都脱口而出，小叔聽不下去，也毫不客氣跟大嫂對罵，吵得實在太激烈，一家人還鬧到管區派出所去，經過員警協調，才不歡而散。

老母親看一家人吵成這樣，心裡比誰還難過，她不忍見兒子為難，決定把半年來拿到的十萬元生活費還給兒子，通知兒子回來拿。妻子怕老公回去又會心軟不捨，堅持要跟老公一起回去拿，但她的火爆脾氣根本止不住，還是不斷翻舊帳數落夫家的不是。

老公在一旁不斷打圓場，告訴她錢拿回來就好了，但老婆完全聽不進去，還回頭抱怨老公不挺她。尤有甚者，她覺得小叔對她實在太不禮貌，竟然要先生出手打小叔幫她出一口氣，這種莫名其妙的要求讓小叔更是抓狂，老公當然不可能照做，妻子一氣之下掉頭就走。

但此舉已惹惱了小叔，認為大嫂實在太超過，失去理智的他拿起菜刀直追了出去，狠狠地將大嫂砍成重傷。大嫂進了加護病房，自己當然也難逃法律制裁。

看起來真是一齣鬧劇，原本好好的一家人，卻為了錢搞到重傷的重傷，坐牢的坐牢，裂痕難以修復。

錢會帶來歡樂，卻也常常是痛苦的導火線。如果做個問卷調查，你覺得事件中誰對誰錯？相信一定也會引來兩派不同的意見。妻子的生氣不能說全無道理，丈夫要創業，當然會希冀得到家人的奧援，如果自己人都不力挺，怎麼算是一家人？

但是夫家不借錢，或許也有背後的原因，可能夫家經濟並不太寬裕，或是他們評估後覺得兄嫂的生意未必會賺錢，所以不願意冒險；而且借錢這件事，本就是你情我願，親兄弟也要明算帳，不借也不能勉強。

只是，小叔砍人就是不對，因為一時氣不過而動手，再有理也過不了法律這一關。法官或許會酌情量刑，但殺人可是重罪，只因腎上腺素飆升就動手，怎麼看都不夠聰明。

以前我們總被教育親情應該大過金錢，是無價的。但看過這麼多為錢反目成仇、爭奪遺產、為詐領保險金而謀害親人不手軟的案子，我的想法逐漸有了轉變，親情未必真能通過金錢的考驗。

捫心自問，你的親情真的無價嗎？

別讓孩子成為犧牲品

有個在醫院工作的檢驗師朋友告訴我這樣的故事。

一個中年男子氣沖沖地拎著孩子到醫院驗DNA，因為他懷疑孩子是老婆在外跟「小王」偷生的，自己不但戴了綠帽，還幫別人養孩子養了好幾年。

我朋友說，他實在很不想接這個案子，因為光看小朋友的長相，就沒有懷疑的理由，兩人實在太像了，硬要說是老婆偷生的，誰都不相信。但他無法拒絕，還是得幫孩子採樣，這讓他很無奈，也覺得罪過。

他還清楚地記得，當他著手採樣的時候，那個孩子驚恐而無助的眼神，淚水在眼眶裡打轉，卻始終爭氣地沒有滾出來。他突然很生氣，氣那個父親的無情，也氣自己為何要成為傷害無辜小孩的幫凶。

幾天後報告出來了，男人還是氣沖沖地帶著孩子來看結果，彷彿宣告著如果結果證實了他的臆測，他就要馬上斷絕跟這個孩子的關係，並把他丟棄。我的朋友當然不會讓他得逞，斬釘截鐵地告訴他，這百分之一千是他的親生孩子，別再胡思亂想、自己當編劇了！

然後就看著這個父親很頹喪地帶著孩子離開，而孩子仍是那樣的無助與驚恐。可以想見的，這對父子的關係會好嗎？孩子會有多怕（或者說多恨）這個父親？這會對孩子的成長帶來多大的陰影？會不會影響到他將來的婚姻與親子關係？

我的朋友問我是不是他想太多？我卻覺得他擔憂的一點也不嫌多。

你以為這是少數的特例嗎？其實不然，我也常在社會版上看到類似的新聞，最近有一則就是。一個男子發現他的妻子常趁他上班時外出，手機裡又有可疑簡訊，懷疑老婆已經紅杏出牆，便委託徵信社跟監。

密探不負所託，果真發現他的妻子與另一個男人上賓館。事不宜遲，丈夫被告知後馬上會同員警殺進房間內逮人，當場撞見兩人衣衫不整的模樣。這股怨氣怎能嚥得下？當然是告上法庭。

憤怒的他回到家裡，見到六歲的女兒，不知是不是「亡鈇意鄰」的心態發酵，竟覺得女兒越看越不像自己，反而像是老婆的情夫，就帶著女兒到醫院做DNA親子鑑定，報告果真證實他不是女兒的親生父親。

檢察官開庭時，他把這份鑑定結果提出，希望能強化妻子與人通姦的可信度，但情夫卻堅決否認自己是女童的生父，檢方只好當庭採取被告的檢體送鑑定。沒想到結果更勁爆，這個女童也不是情夫所生！那就表示兩人的婚姻中還曾有個「第四者」。

荒謬而複雜的關係，讓幾個大人吵得不可開交，但他們沒想到的是，孩子怎麼看待這整件事？

原本疼她的父親，突然對她又兇又惡，不但不要她，還把她當「雜種」看。原本親愛的媽咪，一下子變成人人喊打的壞女人，現在她連誰是她的爸爸都不知道，沒人管她的感受如何。她才六歲，連小學都還沒上，怎麼承受這殘酷的一切？

我有時會想，科技越來越進步究竟是不是件好事？表面上解開了很多以前不知道的奧祕，但有時卻是傷人更重的武器。DNA鑑定或許是把解開身世之謎的鑰匙，換個角度想想，解開了又如何？人是感情的動物，如果相處了幾十年才發現兩人沒有血緣關係，難道就這樣沒有一絲掙扎地全盤推翻過去的感情嗎？

無論如何，孩子是無辜的，大人再怎麼恩怨情仇，都不該把報復轉嫁到孩子身上，把孩子當犧牲品。

教養考驗父母的智慧

朋友告訴我，她最近接到一個燙手山芋，是她的親外甥。

因為離了婚的大姊向地下錢莊借錢，欠了一屁股債又還不出來，搞得全家人仰馬翻，乾脆人間蒸發，還留下一雙兒女。她的媽媽為了這個不肖女成天以淚洗面，對這兩個外孫是既心疼又愧疚，心疼他們沒有父母的關愛，愧疚她生了他們這個不負責任的媽。於是她媽媽央求另外兩個女兒，能夠一人負責照顧一個孩子。

我的朋友就是其中的一個受託者。她跟她二姊其實都有自己的家庭，也有自己的孩子要養，突然這樣硬生生地把外甥（女）帶回家來長住，其實是有些困擾的。縱使自己很願意幫忙，也不能不顧及夫家的感受，但是她很不忍母親這麼大年紀了，還在為這兩個外孫擔心，所幸她的先生能體恤她，於是就把外甥帶回家照顧。

這個外甥已經上國中了，剛好進入叛逆期。我的朋友說他的行為雖然稱不上離經叛道，但生活上的小細節卻常令她氣結，真是不知該如何管教起。

舉例來說，共同生活一間屋子，這個孩子卻完全不願幫忙做任何家事。碗筷不幫忙收，垃圾不幫忙倒，連跟表弟共用的臥室也不願整理。吃飯的時候，自己喜歡的菜就拼命夾，也不管還有其他人沒上桌，水果更是自己吃掉一大盤，只留下他不喜歡吃的部分。

朋友不是沒有說過他，但這個孩子個性很自私，所有事情只願意完成自己的部分，其他人的完全不理。更糟的是，她如果責備他，他必定會去跟外婆告狀，她就要準備看母親的愁眉苦臉。

有一次她實在受不了，為外甥的壞習慣跟母親大小聲，她媽媽不發一語只是哭。她很不高興地回了一句：「妳哭什麼，該哭的人是我吧？」她媽媽轉頭去拉外孫的手，好聲好氣地要他聽阿姨的話，否則被趕出來怎麼辦？她實在是無言以對，她要和母親討論的是管教問題，怎麼會被扭曲成不要他？

課業方面，她也傷透腦筋，這孩子一點也不在乎成績，回家不是看電視就是玩線上遊戲，問他書念了沒，他也愛理不理。她很怕自己管得太多，讓他心生反彈，可是若放任不管，這種成績怎麼上得了高中？

除了課業與行為，這孩子跟家人的互動也不佳，特別喜歡跟表弟鬥嘴，兩人差了四、五歲，他卻一點也不會禮讓弟弟，屢屢把表弟弄哭。我的朋友雖然知道是外甥的問題，卻又不能表現得過於保護自己孩子，只好要孩子稍忍一忍，告訴他表哥沒有自己的家已經很可憐了，不要跟表哥計較。

午夜夢迴，她總是不斷問自己，到底要這樣忍受他到何時？難道連自己的孩子也要一併犧牲進去嗎？外甥才來住了幾個月，連一向好脾氣的老公都已面露不耐之色，往後日子還那麼長，她不知能再撐多久？

我見她如此掙扎，以旁人身分給建議，覺得她還是應該跟外甥好好談一談。現在的孩子早熟，國中生應該懂很多事了，她可以問他是希望阿姨、姨丈把他當親兒子一樣對待，還是只把他當暫時借住的客人？如果是前者，那麼一切都要按照阿姨家的規矩，表弟要受的獎懲他一樣也得照章行事，不能為所欲為。

如果答案是後者，那從今而後她就只把他當客人，只負責照料他的三餐跟供他上學，直到他能獨立離開，其他的生活細節她不再過問。不過他也不能期待阿姨跟姨丈會像親生父母那樣待他，因為人是互相的。

後來她真的照做，聽說外甥選擇了前者，行為也確實收斂了一些，不過能維持多久誰也說不準，未來還是漫漫長路。

孩子的教養本已不易，如果不是親生的更是難上加難，如何維持好關係，考驗大人的智慧。

是同情？還是相害？

開車到診所的路上，看到好幾個建案大打廣告，不是說房市慘淡？真懷疑這種一坪動輒六、七十萬的房子，到底有多少人真的買得下手？

推案量多了，有種職缺就會因應而生，在很多路口或橋頭，都會看到有人舉著大大的看牌，企圖吸引過路人的目光。還有一些人，則在紅燈時遊走於車陣間，要把廣告傳單遞進車窗內，希望駕駛人能因此考慮買房。

老實說，會因為這種傳單推銷式的廣告而去買屋的人，我認為很有限，但是每每看到這樣的打工者，我都有很複雜的感受。

建商開出那麼高價的房子，對比著這些時薪可能只有百元上下的活動廣告族，落差有多大？如果問他們能不能買下自己手上那份廣告單裡的華廈，他們可能會說這輩子想都別想。

薪水低、工時長、日曬雨淋不說，穿梭車陣更是無比危險，如果不是為求溫飽，誰要做這樣的工作？

雖然他們處境值得同情，但要不要接下那份傳單，卻常常令我陷入掙扎。

接過來，其實我也是隨手又丟入字紙簍，不但無端製造了垃圾徒增地球負擔，也間接鼓勵了這種行為。反正能發得出去，多少都有些廣告效益，也就讓這樣的職業有了生存的空間。

拒絕他，又覺得自己有些殘忍，他要站多久才能把手中的傳單發完？如果人人都不拿，他豈不賠了時間精力又領不到薪水？這樣會不會斷了他的生計？

擺盪之間，我終究選擇了婉拒。除了根本不需要，也認為不該讓這樣危險的差事繼續存在。他們的老闆有幫他們投保意外險嗎？如果他們發生事故，有誰來為他們的後續問題負責？

如果答案都是否定的，他們只能用自求多福的心態來面對這一份工作，我真的覺得該徹底讓這種工作消滅。

其實不只他們，常常捧著花籃沿車兜賣玉蘭花的歐巴桑，危險指數一樣居高不下。那一籃花能賣多少錢？但是若發生意外，可能一家子都要陷入困境，磅秤的兩端，怎麼樣都不可能平衡。

但是為了餬口，他們也只能選擇走向虎口，我常形容他們是一群在虎口下討生活的人。其情堪憫，不過大家的同情心卻無法在悲劇發生時發揮任何效益，我們可能只當作茶餘話題，他們卻是真實上演的人生。

職業無貴賤，不管是發傳單還是賣玉蘭花，靠的是自己的勞力，每一分錢都掙得心安理得，但絕對有地點適不適合的考量。你認為趁紅燈在車陣中趴趴走這種事會是合法的嗎？如果不合法，就一定不是好職業。

如果不合法，我們的迎合就只是助長歪風。

如果不合法，我們的同情就成了變相在害人。

因為不合法，他們只敢挑沒有交警的路口活動，還是交警也因為同情而對他們睜一眼閉一眼？

因為世道不佳，才會衍生出這些畸形的行業，而不捧場不交關的往來人群，卻又常被他們扭曲解讀為世態炎涼，埋怨著眾人沒有人飢己飢的同理心，連這點舉手之勞都不願施捨。

確實很病態，但要撥亂反正卻是難上加難。

於是我們也只好用消極的對待與之共存。

捐血的必要之惡

去了一趟健保署，為了續簽接下來的兩年合約，回程時剛好經過公園路的捐血車，就順道去捐血。

平常日的早上，天氣還不錯，但捐血的人寥寥易數。

一直都有鬧血荒的訊息傳來，但捐血的人卻始終不夠踴躍，這看在捐血中心人員眼中，實在是又著急又無能為力的事。我抽了號碼牌，好整以暇地等待上車捐血，這時卻有一個中年男子氣沖沖地推門下車，邊走邊罵。

「搞什麼東西嘛，我好心來捐血，居然還問我一些有的沒的，捐個血還得盤問我的私生活，這麼不尊重人我幹嘛還捐？」男子頭也不回揚長而去。

我大概知道是怎麼回事了，這位老兄應該是第一次捐血，所以還不習慣工作人員做的例行詢問。其實不管你之前捐過幾次血，每一次捐血時，這些人員還是會不厭其煩地一一確認所有可能不適合捐血的條件，以免讓不合格的血液流入被輸血的病患體內，救人不成反成害人。

這讓我想起第一次捐血時，也是被這些有點隱私性的問題嚇到，尤其是被一位護理師問到：「有沒有固定性伴侶」、「是否從事危險性行為」等問題時，真的是有點尷尬的感覺。

還好她的語氣並不尖銳，也事先說了不好意思，我自己又是從事醫療工作，更明白這些程序馬虎不得，所以並沒有太困擾我，之後的捐血也就習以為常。但老實說，我也遇過那種問話的語氣令我不自在的工作人員，我想可能是當天捐血的人太多，她的工作太繁重，或是她剛好情緒不佳，總之那確實不是太愉快的經驗。

同樣是醫療人員，如果我都能感受到些許窘迫，一般民眾應該會感覺更強烈。

這層分寸的拿捏，的確有其困難度。問得太草率，等於是把關不嚴，影響的可能是人命關天的大眾福祉；問得太深入，又有刺探隱私之嫌，其實問的人也很掙扎。如果工作人員是男性，遇上的捐血者是女性，場面難免彆扭。

不過既然決定要捐血了，該有的配合還是得接受，雖然我們相信絕大多數的捐血者應該都是出於「捐血一袋、救人一命」的熱心腸，但也不能否認真的就是有人想利用捐血來確定自己的身體是否健康。

更糟的是，有些疾病還有著時間不短的空窗期，如果捐血者的良心蒙蔽，再嚴格的把關也可能縱放漏網之魚。

其實台灣的血液安全在全世界來說算相當不錯的了，這些都要歸功於層層把關的工作。你可能不知道與我們一海之隔的中國，每一年有多少人因輸血而得到各型肝炎甚或是愛滋病，數字可能是我們的好幾百倍！

原因不外是：捐血的把關不嚴、黑市賣血過於氾濫、捐血者的衛教常識不足、太多人對自己血液狀況不夠了解、昧著良心想利用捐血來檢驗自己健康與否。

相形之下，對岸病患的保障實在遠不及我們。

如果你知道捐出來的血不僅是救一個跟自己完全無關的生命，也有可能會救到自己的至親好友，其實就可以理解這些確認的動作有多麼重要。說得更實在一點，每個捐血者也都可能是受血者，我們如果不希望因輸血而不明不白的得到疾病，就心平氣和地接受這些必要之惡吧。

一場車禍教我的事

前一陣子我出了一場車禍，雖有驚嚇，但無傷險。對方是個隻身北上的替代役男，人無大礙，但機車近半毀。

一切都照著該有的流程走，報警、叫救護車，我自認把該做的全都做到位。即使鑑定報告尚未出爐，肇事責任還沒釐清，我一直陪在那位年輕人的身邊，沒讓他孤單面對。

做完所有檢查確定無恙，幫他批完價後一同步出醫院急診室，我帶他回事發現場，並找修車行來評估善後。問他是否要聯絡家長或親屬，他都婉拒，見他因無任何親屬到場，也覺得跟他很投緣，考量到他可能無力負擔對他而言應該是挺龐大的修車費用，我還毫不猶豫地決定幫他付這筆錢，並相約在領車的這日一起簽下和解書。

看到這裡，你一定會認為是我頭殼壞掉了吧，哪有人連誰的責任比較大都還不知道的情況下，就一人吞下這麼多帳單的？但是當時我的出發點很單純，就是把這孩子當自己的後生晚輩看待（我跟他差了二十二歲，要生也生得出來了），很心疼他要一個人面對這一切，覺得自己多付出一些也無妨。縱使很多朋友持了反對意見，覺得這會給自己製造大麻煩，但我始終相信自己的心與直覺，沒有改變。

本以為這事就會這樣落幕，三天後竟然出現大轉折。

一位南部的資深校友同業透過我的同學要來問我的電話，我一開始還很納悶，不知找我所為何來？我試圖在臉書上搜尋這位前輩，果真讓我找到，卻赫然在他有限的朋友名單中看到與我發生事故的那個年輕人（他們同姓）！我的第六感直覺告訴我這兩人必然有關係，不是父子就是叔侄。所以立刻向那個年輕人求證，果然如我所料，兩人就是父子，這世界也太小了吧！

所以該名前輩來找我的意思就相當明顯了，一定是為了這件車禍的事。

我也天真的以為，因為有了校友之誼，事情會更簡單得多。

我決定自己先打電話給前輩，說明事件的始末與我的處理狀況讓他放心，結果電話中他說他人已在台北，看過兒子之後會來找我。語氣透著嚴峻，我的心也有些隱隱不安。

到了午休時間，我準備好熱咖啡等前輩到來，當他們夫妻一同進門，我第一句話就是：「真是不好意思，讓您二位擔心了，大老遠跑這一趟。」但對方的第一句話可不是安慰我也在車禍中受驚了，而是強調「天下父母心」。所以接下來的話題也就全在我的意料之外。

我原本以為大家是校友，一切都好談，但他們顯然不這麼想。前輩說他兒子雖然目前看似無大礙，但他擔心會有「延遲性傷害」，所以要自費照腦部電腦斷層掃描，問我：「這費用你怎麼說？」

我能說不嗎？就是買單了。

接著就換夫人上場了，媽媽擔心兒子行動不便，要上下公車捷運恐有困難，所以提出「復原期間代步費用」的要求。但當問及這期間有多長？每日費用需多少？他們卻給不出一個明確的數字，只說這是「象徵性」的補償，我又能說什麼？也是吞下了。

然後原本跟那位年輕人說好在領車那天簽下和解書的事，也被兩位推翻了，他們認為在孩子尚未完全確定無事之前，不應該輕率簽下和解書，所以何時能簽尚是未知數，而且應該到警局去簽。我的天啊，為了這事還必須去警察局走一趟？真的有必要做到如此嗎？我的心真的很受傷。

他們叨叨絮絮地講述著他們的心情與想法，我其實有點難過，我可以體會父母心心念念的都是寶貝兒子，但他們眼前的這位就不是人子嗎？今天事故的責任都還沒有確定，他們就認定自己才是受害的一方，那如果最後的責任在他兒子呢？如果我也受傷呢？

最離譜的是他還轉述他姊姊的話：「為什麼是你們北上去找那個人談？應該是他要來找你們賠罪才對呀！」我的天啊，這世界是敢大聲的人就贏嗎？

尷尬地送走了他們，我的心跟窗外的雨一樣冷。

其實寫下這段經歷是有些掙扎的，因為知道一定會對彼此的關係留下裂痕，但我也必須說，我其實從中也學習到一些東西。就像很多朋友給我的忠告：如果不是很擅長談判與斡旋，還是盡量請保險公司出面，不要自己跟對方談，有時候公事公辦或許才是最明智的方法。

還有，不要太相信什麼「有關係好說話」，人性原本就經不起考驗。

有朋友說，能用錢解決的都是小事，要我看開點。是的，這堂課還不算太昂貴，如果我因此看清了一些人性。

國家圖書館出版品預行編目資料

摔扎，不要太久／ 林峰丕著 . -- 初版 . -- 臺北市：原水文化出版：
家庭傳媒城邦分公司發行 , 2017.06
面； 公分 . -- （悅讀健康系列； 135）

ISBN 978-986-94517-5-8（平裝）

855　　106009352

悅讀健康 135

掙扎，不要太久

作　　者／林峰丕
插　　畫／賀信恩
選書責編／潘玉女
編輯協力／梁瀞文

行銷企畫／洪沛澤
行銷經理／王維君
業務經理／羅越華
總 編 輯／林小鈴
發 行 人／何飛鵬
出　　版／**原水文化**
台北市民生東路二段 141 號 8 樓
電話：（02）2500-7008　傳真：（02）2502-7676
E-mail：H2O@cite.com.tw　部落格：http://citeh2o.pixnet.net/blog/
發　　行／英屬蓋曼群島商家庭傳媒股份有限公司城邦分公司
台北市中山區民生東路二段 141 號 11 樓
書虫客服服務專線：02-25007718；25007719
24 小時傳真專線：02-25001990；25001991
服務時間：週一至週五上午 09:30 ～ 12:00；下午 13:30 ～ 17:00
讀者服務信箱：service@readingclub.com.tw
劃撥帳號／ 19863813；戶名：書虫股份有限公司
香港發行／城邦（香港）出版集團有限公司
香港灣仔駱克道 193 號東超商業中心 1 樓
電話：(852)2508-6231　傳真：(852)2578-9337
電郵：hkcite@biznetvigator.com
馬新發行／城邦（馬新）出版集團
41, Jalan Radin Anum, Bandar Baru Sri Petaling,
57000 Kuala Lumpur, Malaysia.
電話：(603) 90578822　傳真：(603) 90576622
電郵：cite@cite.com.my

美術設計／劉麗雪
內頁排版／陳喬尹
製版印刷／卡樂彩色製版印刷有限公司
初　　版／ 2017 年 6 月 27 日
初版2.1刷／ 2023 年 11 月 10 日
定　　價／ 280 元

城邦讀書花園
www.cite.com.tw

ISBN 978-986-94517-5-8